올 댓 셰프

일러두기
1. 이 책은 〈스토리텔링콘텐츠연구소〉가 취재 및 집필하였습니다.
2. 수록된 글은 2012년 인터뷰를 기준으로 집필되었습니다.
3. 본문에 수록된 사진은 글의 내용과는 무관합니다.

올 댓

셰프

요리하는 영혼

All that Chef 박찬일 최현석 백승준 김태원 이가람백 유희열 여경옥 이원식 문성희 이종임 스토리텔링콘텐츠연구소 지음

이야기 공작소

궁극의 맛에 담긴 요리사의 모든 것

음식은 사람이 생명과 건강을 유지하는 데 필요한 에너지를 제공하는 생존의 필수 요소다. 그러나 지금 시대에 음식을 단순히 생명 유지의 수단으로만 여기는 사람은 많지 않을 것이다. 음식은 다양한 형태의 문화로 발전하며 우리 삶을 더욱 풍요롭게 가꾸어 주었다. 그리고 그 중심에는 자기만의 철학으로 음식을 대하는 요리사들이 있다.

우리가 하루도 빠짐없이 마주하는 것이 밥상이다. 하지만 개인마다 선호하는 음식 취향이 다르고 맛에 대한 평가도 다르다. 이 책에 실린 요리사들은 다양한 분야에서 우리 입과 혀를 행복하게 만드는 사람들이다. 세계 무대에서 손꼽히는 요리사로 활약한 이도 있고, 평생 냉면만 만들어 온 이도 있다. 한식, 중식, 일식, 양식 등 분야별로 명성이 높은 요리사뿐만 아니라 전통적인 방법을 고수하면서 재래식 장맛을 지켜 온 사람, 자연식 밥상을 연구하는 이도 있다.

최근 먹거리에 대한 사람들의 관심이 크게 늘면서 여러 매체를 통해 요리사들과 그들의 요리를 접할 수 있게 되었다. 하지만 그러한 명성을 얻기까지 그들이 지나온 길은 잘 알려지지 않았다. 요리사의 접시에 담긴 것은 음식만이 아니다. 프랑스의 미식가이자 저술가인 브리야 사바랭은 "당신이 먹는 것을 말해 달라. 그러면 당신이 누구인지 말해 주겠다"라고 했다. 우리는 이렇게 빗대 말할 수 있겠다. "요리사가 만든 음식을 보면 그가 누구인지 알 수 있다."

『올 댓 셰프』는 음식을 대하는 요리사들의 자세에 주목한다. 우리는 이들이 다양한 동기로 요리의 세계에 뛰어들어 치열하게 걸어온 인생 여정을 성실히 담아내려고 했다. 요리는 누구나 접하는 일상의 활동이다. 그러나 취재 과정에서 마주한 현장은 새로운 세계를 만난 것처럼 낯설었다.

이 책이 평소 막연하게 생각해 왔던 요리사들의 세계를 이해하는 데 도움이 되리라 믿는다. 아울러 요리사를 꿈꾸는 이들에게 호기심과 열정을 북돋아 줄 맛있는 이야기가 되기를 기대한다. 우리의 기획 취지에 공감하고 인터뷰에 응해 주신 모든 분들에게 깊이 감사드린다.

차례

Chef's Story

1

읽고 쓰고 요리하는 남자

박찬일
인스턴트 펑크 오너 셰프

"

나는 요리 기술이 오십 퍼센트도 완성되지 않은 사람이에요.
죽는 날까지 끊임없이 요리를 발전시켜야 해요.
연구와 노력이 없으면 후퇴하니까요.

"

박찬일

1965년 출생 | 1998년부터 삼 년 동안 이탈리아 피에몬테 소재 요리학교 ICIF '요리와 양조' 과정 이수 | 로마의 소믈리에 코스와 슬로푸드 로마 지부 와인 과정 수학 | 시칠리아 소재 '파토리아 델레 토리' 근무 | 한국으로 돌아와 '뚜또베네' '트라토리아 논나' '라 꼼마' 등을 론칭 | 2007년 『와인 스캔들』, 2009년 『지중해 태양의 요리사』, 2011년 『어쨌든 잇태리』 『보통날의 파스타』, 2012년 『추억의 절반은 맛이다』 『보통날의 와인』 등 출간, 각종 언론 매체에 음식 칼럼 기고 | 2013년 현재 '인스턴트 펑크' 오너 셰프

취재 및 집필 **하재영**(소설가, 소설집 『달팽이들』 등)

화려한 조명과 액자로 치장한 여느 이탈리아 레스토랑과 달리 '라 꼼마'의 인테리어는 수수하다. 흰색 탁자보를 씌운 테이블과 진열장을 가득 채운 와인은 다른 레스토랑과 비슷하지만 선반에 빼곡한 책들을 장식이라고 할 수는 없을 것이다. 게다가 그 책들은 패션잡지도, 음식 관련 책도 아니다. 대충 훑어보니 오르한 파묵의 산문집도 보이고 최근에 출간된 소설책들도 눈에 띈다. 박찬일 셰프의 레스토랑이라서 그럴까. 사람들은 그를 '글 쓰는 요리사'라 부르고, 그는 스스로를 '이상한 요리사'라 말한다. '까칠 셰프'라는 별명을 들었다고 말하자 그는 손을 내젓는다.

"예의를 지키지 않는 사람한테는 화를 내죠. 그런데 누구나 그렇지 않나요? 그게 까칠한 건가요? 안 그러면 바보 아닌가요? 좀 욱하는 건 맞는 것 같네요. 주방에서 성질이 나쁜 편이긴 해요."

그가 잠깐 말을 멈추더니 덧붙인다.

"그래도 주방에서 애들한테 욕은 안 해요. 그냥 혼자 하죠."

침묵의 식사 시간

　박찬일은 서울 변두리 동네에서 태어나 살림이 넉넉하지 못한 가정에서 자랐다. 뚜렷한 생계 수단이 없었던 아버지를 대신해 어머니는 바깥일과 집안일을 병행해야 했다. 어머니는 끼니때마다 국물 요리를 만들었다. 네 아이의 배를 채우기 위해서는 어쩔 수 없었다. 물을 잔뜩 붓고 끓인 국물 요리는 재료의 고유한 맛을 살려 주지 못했지만 양만큼은 푸짐했다.

　지금도 어머니는 사남매가 밥상에 달라붙어 아무 말 없이 숟가락질만 하던 장면을 이야기하곤 한다. 박찬일 남매의 식사 시간은 침묵의 시간이었다. 말을 하면 조금밖에 못 먹기 때문이었다. 하지만 세 명의 누이들 속에서 자란 그는 특별히 배를 주린 기억이 없다. 어머니는 장을 볼 때 달걀을 딱 두 개 샀는데, 하나는 아버지 것이고 하나는 외아들 것이었다. 어머니는 누이들이 눈치채지 못하게 밥 아래 달걀부침을 깔아 아들 앞에 놓아 주곤 했다.

　아들이라고 특별 대접을 받기는 했지만 그가 사는 곳에는 제철 수산물도, 질 좋은 고기도 없었다. 어패류는 서울 변두리까지 유통되지 않아 구경도 할 수 없었고, 냉동 오징어를 녹여 식초와 고춧가루에 버무려 무친 것이 회인 줄만 알고 자랐다. 진짜 회를 먹은 것은 고등학교를 졸업할 무렵이었다. 그때서야 서울에서 인기 있었던 향어, 역돔, 붕장어 등 날생선을 처음 먹었던 것이다. 친구가 불고기 냄새를 묘사하면 상상이 되지 않아 약만 바짝 올랐다. 중심지에서 밀려난 가난한 서울 사람들보다 해안가 주민들이 더 잘 먹던 시절이었다. 적어도 어촌에서는 싱싱한 제철 물고기들이 끊임없이 잡히니 말이다.

어릴 때 길든 미각이 입맛을 좌우한다면 그는 미식가로서 자질이 없는 셈이다. 어떤 음식에 새겨진 고유한 기억이 음식에 대한 호불호를 결정한다면, 그에게는 특별한 음식도 없는 셈이다. 하지만 어머니는 요리 솜씨가 좋았다. 부족한 재료로 맛깔스러운 음식을 뚝딱 만들어 냈고, 나중에는 식당도 하고 김치 장사도 했다. 어머니의 음식은 가족들뿐 아니라 손님들에게도 인기가 좋았다. 재료나 양념은 풍족하지 않았지만, 빈곤한 살림에 많은 자식들을 먹이기 위해 고민하며 무에서 유를 창조했던 것이다. 요리에 대한 그의 욕망과 태도는 어머니에게 비롯된 것인지 모른다.

하고 싶은 것도, 되고 싶은 것도 없는 소년

학교를 안 갔다. 아예 가지 않은 건 아니고 종종 안 갔다. 중고교 시절 학교 가는 걸 좋아하는 학생이 몇이나 있겠느냐마는 그는 가고 싶지 않은 마음을 '실천'했다. 그가 교실에 들어서는 날이면 아이들이 "찬일이 왔다!" 하며 기립박수를 칠 정도였다. 선생님들은 호되게 야단쳤지만 그는 꿋꿋한 실천으로 선생님들을 포기하게 만들었다.

하기 싫은 일은 안 했다. 선생님이 체육 시간에 군무를 추게 했을 때 그는 꼼짝도 하지 않고 가만히 서 있었다. 춤을 추고 싶지 않았기 때문이다. 심지어 시험 날도 학교에 가지 않았다. 시험을 치고 싶지 않았기 때문이다. 운동부 학생들은 박찬일 덕분에 꼴찌를 면했다. 시험을 보지 않은 그는 빵점을 맞았다. 총 십오 등급 중 십오 등급이었다.

그는 없는 게 많은 아이였다. 일단 말수가 없었고, 그래서인지 친구도 없었다. 그래도 따돌림을 당하는 아이를 보면 왠지 마음이 쓰여 슬그머니 다가가 말을 붙여 보기도 했다. 그에게는 없는 게 또 있었다. 장래희망이었다. 아이들은 막연하게나마 미래를 꿈꾸기 마련이지만 그는 하고 싶은 것도, 되고 싶은 것도 없었다. 여행가가 되어 볼까 생각했지만 그것도 희미하게 떠오른 생각일 뿐 진짜 여행가가 되려고 했던 것은 아니었다. 어른들은 하고 싶은 것도, 되고 싶은 것도 없는 소년을 걱정했다.

고등학교 때 그나마 좋아하는 게 생겼는데, 그게 막걸리였다. 수업을 빼먹고 뒷산에 올라가 막걸리를 마셨다. 막걸리 말고 좋아하는 게 또 있었다. 책이었다. 소년 시절에는 어머니가 월부로 사준 계몽사 문학 전집을 읽었고 고교 시절에는 도서관에서 삼중당 문고를 빌려 읽었다. 가난과 막막한 미래, 사회에 대한 어두운 생각으로 가득 차 있던 그의 마음속에서 문학작품 속 주인공들은 작은 위로가 되었다.

어느 가을 덕수궁에 올라가 떨어지는 낙엽을 보는데 갑자기 시를 쓰고 싶다는 생각이 들었다. 처음으로 '하고 싶은 일'이 생긴 것이었다. 독서반에 나갔다. 대학생들이 이념 교육을 시킨다는 이유로 금지한, 이른바 불법 서클이었다. 그 모임에 나가면서 사회의 부조리에 대해, 인간의 어두운 내면에 대해 생각했다. 그렇게 캄캄한 고등학교 시절이 지나갔다.

성적은 나빴지만 책과 글쓰기를 좋아했던 문학 소년은 중앙대학교 문예창작학과에 입학했다. 하지만 학교를 나가지 않던 고등학생이 성실한 대학생이 될 리 없었다. 1980년대 중반이었다. 자주 휴강이 되었다. 휴강이 아니라도 편안하게 앉아 수업을 듣는 게 죄스럽게 느껴지는 시절이었다. 그는 여전히 수업에 빠졌고 막걸리를 마셨다.

매번 강의에 빠지는 게 죄송해 자신이 쓴 소설을 교수님 연구실 문 아래로 밀어 넣었다. 며칠 후 복도에서 마주친 교수님이 "재주는 있는데 왜 그렇게 안 썼니?" 하고 물었다. 그래도 그는 스스로 재능이 없다고 생각했고 더 이상 소설을 쓰지 않았다. 사 학년 때까지 수업을 들은 시간은 백 시간이 채 되지 않았다. 십구 학점이나 모자라 졸업도 할 수 없었다. 그는 부족한 학점을 채우지 않았고 결국 학교를 졸업하지 못했다. 여전히 그는 하고 싶은 것도, 되고 싶은 것도 없었다.

〈시네마 천국〉을 보고 이탈리아 행을 결심하다

박찬일은 같은 과 후배의 추천으로 잡지사에 들어갔다. 저널리스트가 되고 싶다는 생각은 없었지만 기자도 글 쓰는 직업이니 그나마 할 수 있지 않을까 싶었다. 자그마한 잡지사 기자로 시작해 여성 월간지 피처 기자가 되었지만 또래들과 어울리지 못했던 어릴 때 성격은 어른이 된 뒤에도 그대로였다. 취재를 해야 하는데 사람을 만나는 일이 두려웠다. 인터뷰이를 만나러 갔다가 낯선 사람과 이야기할 일이 끔찍해, 약속 장소 주변만 배회하다 터덜터덜 돌아오기도 했다. 적성에 맞지 않는 일을 하려니 몸과 마음이 피폐해졌다.

'이걸 계속하다가는 죽겠구나' 생각하면서도 마지못해 출근하기를 십 년, 아이엠에프(IMF)가 왔다. 누군가는 수십 년을 다니던 직장에서 하루아침에 쫓겨났고, 누군가는 임금의 절반을 삭감당했다. 그는 있어서는 안 될 일이 자연스럽게 일어나는 모습을 보고 충격을 받았다. 회사 안에서의 자리가 위태롭기는 그도 마찬가지였다. 양복을 빼입고 유명 인사를 만나는 일도, 우아하게 펜대를 굴리는 일도 생존 앞에서는 부질없었다. 그 혼자 못 먹고 못 사는 건 참을 수 있어도 부모님과 처자식을 굶길 수는 없는 노릇이었다.

'스스로를 지킬 수 있는 기술이 있어야겠다.'

정글과 다르지 않은 사회에서 음식을 만드는 기술만 있어도 먹고 사는 데 지장이 없을 것 같았다. 한낱 꿈으로만 그쳤을지 모르는 일을 위기 때문에 결행한 것이었다.

음식에 대한 이런저런 기억들이 떠올랐다. 가장 먼저 생각난 것은 고등학교 때 처음 접했던 '양식'이었다. 교련복을 입고 다소 주눅이 든 얼굴로 경양식집 문턱을 넘던 날, 그는 경양식집의 대표 메뉴인 '돈가스'를 주문했다. 그는 먼저 나온 수프를 보고 생각했다. '국물은 이따 돈가스랑 같이 먹어야지.' 돈가스를 가져온 아르바이트생은 손도 대지 않은 수프를 냉큼 집어 갔다. 그는 또 생각했다. '데워서 주려나 보다.' 그러나 마지막 돈가스 조각을 먹을 때까지 수프는 돌아오지 않았다. 처음 접한 양식에 대한 기억은 그런 것이었다. 창피해서 끝내 물어보지 못했던 수프의 행방, "밥으로 하실래요, 빵으로 하실래요?"라는 고전적인 멘트.

덧붙이자면 우리나라의 경양식집에서 팔던 돈가스는 '포크커틀릿(Pork Cutlet)'과 전혀 다른 것이었다. 포르투갈, 네덜란드 지역에서 생긴 돈가스는 전 세계로 퍼져 나가면서 그 나라 사람들의 입맛에 맞춰 각기 다른 방식으로 발전했다. 일본에서는 조각 낸 돈가스를 젓가락과 함께 내어 주고, 성북동 돈가스 집들은 포크와 나이프를 주긴 하지만 쌈장과 풋고추, 깍두기를 곁들여 준다. '돈가스'라는 이름의 한식인 셈이다.

진짜 양식을 만난 건 기자 초년병 시절 때였다. 영화 담당 기자였던 그는 어느 날 호텔에서 열리는 로드쇼에 가게 되었다. 메뉴는 스테이크였다. 고기를 썰어 보니 벌건 속에서 핏물이 줄줄 흘러나왔다. 그는 기함하며 포크와 나이프를 내려놓았다. 양식에 혐오와 두려움이 생길 정도였다.

양식에 대한 또 다른 기억은 친구와 함께 먹은 일종의 브런치였다. 토스트와 구운 소시지, 에그 스크램블과 오렌지 주스를 보고 '뭐이런 걸 먹나' 생각했는데 맛이 제법 괜찮았다. 스테이크로 생긴 공포증이 조금 누그러드는 기분이었다. 그는 기자 생활을 하면서 사람들을 따라 이탈리아 레스토랑에 들락거렸고, 파스타를 먹었으며 잊지 못할 첫인상을 준 스테이크의 맛도 알게 되었다.

어느 날 그는 케이블 텔레비전의 요리 프로그램을 보다가 진행자가 소개하는 레시피를 받아 적은 뒤 직접 음식을 만들어 보았다. 금지옥엽 외아들로 자란 탓에 깎아 주는 사람이 없으면 과일도 못 먹던 그였다. 하지만 어머니의 유전인자를 물려받은 덕인지 레시피를 힐끗거리며 만든 스테이크와 라비올리는 제법 그럴싸했다.

돌이켜보면 그는 음식에 까다로운 사람이었다. 부족한 재료로 정성스럽게 요리하는 어머니를 두어서인지, 회사 생활을 하며 오피스타운에서 먹었던 음식들은 불만족스러웠다. 점심시간은 짧았고 여의도 직장인들은 많았다. 길게 늘어선 줄 끝에 서 있다 보면 바쁘게 움직이는 식당 직원들의 불성실한 서비스와 재활용한 반찬들, 머리카락을 드러낸 주방 아주머니 모습이 그렇게 거슬릴 수가 없었다. 선배들은 음식에 까다로운 그와 밥 먹기를 꺼렸지만 그가 찾아낸 식당에 데려가면 좋아했다.

요리사가 되려고 마음도 먹었고 양식을 해 보자는 것까진 결정했는데, 구체적으로 무엇을 요리할지는 여전히 고민스러웠다. 그때 떠오른 것이 대학 시절 친구를 따라 호암아트홀에서 본 영화〈시네마 천국〉이었다. 그의 책『지중해 태양의 요리사(창비, 2009)』에는〈시네마 천국〉〈일 포스티노〉〈지중해〉같은 영화가 없었다면 이탈리아에 건너가지 않았을지 모른다는 고백이 나온다. 푸른 지중해와 거친 토양, 여유롭고 유쾌한 사람들. 당시 우리나라는 정신없이 진행되던 산업화의 발전을 잠시 멈추고 유럽의 자연, 낭만, 느긋함 등을 동경하는 분위기가 팽배해 있었다. 그래서 지중해를 배경으로 한 영화들이 줄지어 개봉했는지 모를 일이다.

그의 여동생이 이탈리아학과에 진학한 것도 한몫했다. 두 번째 지망으로 썼다가 얼떨결에 합격한 것이긴 하지만, 그는 동생을 통해 이탈리아를 좀 더 알게 되었다. 이탈리아는 그의 신혼여행지이기도 했다. 여행 중에 만난 이탈리아인들은 순박했고 느긋했고 친절했다. 지중해에 관한 영화와 이탈리아학과에 들어간 여동생, 신혼여행지에서 만난 사람들 등은 얼핏 사소하지만 그 사소함이 합쳐져 그는 이탈리아로 떠날 결심을 했다.

'이탈리아에 가서 파스타를 배우자.'

그는 회사를 그만두고 이탈리아로 떠났다.

문화 충격의 현장, ICIF 요리학교

　1998년 초여름, 박찬일은 이탈리아 피에몬테 주의 주도인 토리노 시에 도착했다. 반도의 북쪽 끝에 있는 시골의 자그마한 요리학교 ICIF(Italian Culinary Institute for Foreigners)는 그가 새로운 인생을 시작할 장소였다. 시차는 둘째 치고 다음날 벌어질 일에 대한 긴장감 때문에 그는 뜬눈으로 밤을 보낸 뒤 학교로 향했다.

　수업은 혼란과 충격의 연속이었다. 당시 한국에서는 고급 식당이 아니고서는 결코 사용하지 않았던 값비싼 올리브유가 고작 파스타 한 그릇을 만드는 데도 프라이팬 가득 둘러지는가 하면 생산지, 품종, 가격대에 따라 자그마치 수백 종이었다. 그가 알고 있던 것과 달리 스파게티는 오만 가지 파스타 중 하나일 뿐이었다. 펜네(Penne), 페투치니(Fettuccine), 탈리아텔레(Tagliatelle), 파파르델레(Pappardelle), 라자냐(Lasagna) 등 파스타 종류만 헤아리기도 숨찼다.

　에스프레소를 모르는 커피숍 직원이 대부분이던 그 시기 한국과 달리, 요리학교 복도에는 질 좋은 에스프레소 기계가 버젓이 놓여 있어 마음대로 뽑아 먹을 수 있었다. 커피를 좋아했던 그는 공짜 커피를 너무 많이 마셔 밤에 잠을 설칠 정도였다. 호텔 레스토랑에서

나 겨우 맛볼 수 있었던 송아지 고기가 저장고에 넘쳐 났고, 최고급 와인이 여기저기 박스째 놓여 있는가 하면, 식사 시간에는 고가의 레드 와인을 무료로 제공했다. 학교에서 주는 식사를 한국 기준으로 환산해 보니 한 끼에 대략 십만 원이 넘었다.

　미식가들에게는 천국 같은 곳이지만 수업은 만만치 않았다. 학교에서는 이탈리아 전역의 요리를 다 가르쳤는데, 아홉 시부터 일곱 시까지 쉴 새 없이 수업이 이어졌고 매시간마다 학생들이 직접 실습해야 했다. 페셰, 카르네, 에르베, 콘세르바지오네……. 요리 용어는 죄다 처음 들어 보는 말이었다. 또 거의 모든 요리에 쓰이는 와인에 대한 상식이 없으니 난감한 적이 한두 번이 아니었다. 어릴 때부터 학교 가기를 싫어했던 그도 빵을 미리 만들어 두어야 하는 새벽조에 걸리면 영락없이 꼭두새벽부터 밀가루를 반죽해야 했다. 수업이 끝나도 끝난 게 아니었다. 저녁 식사를 만들어 서빙하고 시식하는 것까지 수업의 연장이었다.

　무엇보다 인상적이었던 것은 그곳에서 만난 학생들이었다. 연령대는 십 대 후반부터 육십 대까지 다양했다. 오륙십 대는 취미로 나오는 수강생들이라고 생각해 어느 분에게 "취미를 전문 단계까지 하시는군요" 하고 말을 걸었더니 그 학생은 정색을 하며 "나는 요리를 직업으로 새로 시작할 겁니다"라고 대답했다. "육십오 세에 수료해서 팔십오 세까지 한다면 이십 년을 할 수 있는 것 아니겠소?" 삼십 대에 요리를 시작해 늦은 감이 있다고 생각했던 그에게 어떤 시작도 늦지 않음을 깨닫게 해 준 말이었다.

스스로에게 잠재력이 있는지는 판단할 수 없었지만 어느 정도 나이가 있는 데다 힘겹게 사회생활을 경험한 탓인지, 그는 요리를 분석하는 능력이 좋았다. 새로운 음식을 시도할 때 실용성을 따져 보는 실무적인 판단이 빨랐고, 요리사에게 필요한 커뮤니케이션 능력도 금세 터득했다. 주방 용어는 기가 막히게 알아들었지만 언어 소통 문제 때문에 중부의 페루지아(Perugia)에 가서 어학연수를 하기도 했다. 그러면서 그는 좀 더 욕심을 내보기로 했다.

'로마에 가서 와인을 공부하자.'

한국의 발효 음식을 알려면 장부터 배워야 하듯, 이탈리아 음식의 미학은 와인에 있었다. 육 개월 코스를 예정하고 갔던 이탈리아 유학은 점점 길어졌다. 배울 게 너무 많았다. 된장찌개를 배우러 한국에 간 이탈리아인이 막상 가 보니 한식에는 된장찌개만 있는 게 아니라 김치찌개, 한정식, 동치미, 냉면 등 수많은 음식이 있다는 것을 알게 된 것과 같은 이치였다. 반년 만에 돌아가려던 계획은 결국 이 년 반으로 늘어났다.

요리학교를 수료한 그는 또 한 번 남다른 선택을 했다. 전 과정을 수료한 학생들이 견습 요리사라는 이름표를 달고 이탈리아 전역으로 떠나고, 북유럽의 유명 레스토랑에 지원한 반면 그는 인구 삼만의 시골 동네, 시칠리아(Sicilia)를 희망했다.

요리하는 영혼

　박찬일은 지금도 또렷하게 기억한다. 요리학교 근처 아스티역에서 받아든 기차표에 적혀 있던 '1750킬로미터'라는 숫자를. 그 어마어마한 숫자가 시칠리아까지의 거리였다. 기차는 스물두 시간 동안 이탈리아 반도의 북쪽 끝에서 남쪽 끝으로 달렸다. 배로 메시나 해협을 건넌 뒤 시칠리아의 시골 열차로 갈아탔다. 덜컹거리는 낡은 열차의 부서진 바닥 아래로 시칠리아의 황폐한 땅이 스쳐 지나갔다. 머리 위에선 지중해의 뜨거운 태양이 이글거렸고, 푸석한 땅은 물기 없이 바짝 말라 있었으며, 열어 둔 창문으로 들어오는 바람은 후텁지근했다.

　이윽고 그는 역무원조차 없는 간이역에 내렸다. 그곳에는 말끔한 복장에 이마가 살짝 벗어진 이탈리아 남자가 서 있었다. 그가 일할 식당인 '파토리아 델레 토리(Fattoria delle Torri)'의 오너 셰프이자, 그의 요리 인생에서 정신적 지주가 된 주세페 바로네(Giuseppe Barone)였다.

　주세페는 고고인류학을 전공하고 에티오피아에서 유인원 발굴 작업을 하다가 가업을 물려받기 위해 서른이 넘어 요리를 시작한, 소위 '먹물'이었다. 그런 이력 때문인지 주세페는 한국에서 온 견습 요리사의 사정을 잘 이해해 주었다. 주세페가 박찬일에게 가르친 것은 '요리하는 방법'이 아니라 '요리하는 영혼'이었다. 재료를 어떻게 구하고 다루어야 하는지, 재료에 어떤 마음을 가져야 하는지, 우리 몸이 섭취한 음식이 육체와 정신에 어떤 결과를 가져오는 지……. 그것은 요리에 대한 문제이기 이전에, 철학적이고 과학적이고 정치경제적인 문제였다.

주세페는 세 가지를 강조했다. 첫째, 가장 가까운 곳에서 생산되는 재료로, 둘째, 가장 전통적인 조리법을 사용하여, 셋째, 가장 사랑하는 사람에게 줄 음식을 만든다. 주세페는 발로 뛰고 눈으로 확인한 재료 대신, 공급업자에게 전화로 주문을 넣고 배달되어 온 재료를 쓰는 스타 요리사들을 경멸했다. 인테리어나 프레젠테이션*에 공들이는 멋쟁이 식당을 견딜 수 없어 했으며, 호텔 식당에 높은 점수를 주는《미슐랭가이드**》를 비웃었다.

재료에 엄격한 주세페는 음식의 윤리를 고민하는 사람이기도 했다. 지금은 세계적으로 유명해진 '슬로푸드'의 핵심 멤버인 그는 대규모로 운영되는 기계식 축산 시스템 속에서 항생제와 호르몬을 섭취하며 자라는 소, 돼지, 닭을 마음 아파했다. 또 온갖 재료로 다양한 음식을 만들었지만 사육 과정이 비윤리적인 푸아그라(Foie Gras)만은 만들지 않는 사람이기도 했다. 그런 그가 입버릇처럼 하던 말이 있었다. "요리사란 아이들을 먹이는 어머니와 같다."

박찬일은 주세페에게 이탈리아 음식이 모양과 치장에 치우친 요

---

* Presentation, 접시에 예쁘게 담는 기술
** Guide Michelin, 세계 최고 권위를 인정받는 레스토랑 평가 책자

리가 아니라는 것을, 소스나 장식을 걷어내고 재료가 가진 고유의 맛을 내기 위해 노력해야 한다는 것을 배웠다. 그는 주세페의 정신을 본받아 이탈리아식 조리법을 지키되 신선한 국내산 재료를 쓴다. 물론 스승에게 물려받은 푸아그라 혐오는 말할 것도 없다.

시칠리아 주방에서 깨진 요리사의 환상

시칠리아 행 기차에서 꿈꾸었던 낭만적인 요리사 생활이 허상임을 깨닫는 데는 많은 시간이 걸리지 않았다. 그가 주세페의 식당에서 일을 시작한 시기는 바캉스철이었다. 지중해의 태양이 그대로 내리꽂히는 거리는 세계 곳곳에서 몰려든 관광객들로 바글거렸다. 섭씨 오십 도의 뜨거운 시칠리아, 불길이 넘실거리는 주방 안에서는 "로베르토(박찬일의 이탈리아 이름)!"를 외치는 목소리가 끊이지 않았다.

그가 맡은 첫 역할은 요리사들 사이를 오가며 필요한 재료를 공급하는 일이었다. 그의 표현을 빌리자면 '사수(射手)들에게 총알을 공급하는 탄약수'였다. 첫 번째 요리사에게 뇨키* 재료를 손질해서 건네자마자 또 누군가가 소리를 지른다.

"로베르토!"

---

* Gnocchi, 감자 경단을 소스에 넣어 먹는 이탈리아 요리

두 번째 요리사에게 라비올리* 재료를 갖다 바치자마자 또 다른 사람이 고함을 지른다.

"로베르토, 파스타 냄비 확인해!"

수많은 종류의 파스타는 익는 시간과 조리법이 제각각이었고, 파스타를 주문하는 손님들의 요구사항도 각양각색이었다. 시칠리아의 엄청난 폭염과 화력 좋은 가스레인지들이 뿜어내는 열기를 견디며, 요리사들은 타이머도 없이 그 많은 파스타를 정확한 시간에 건져냈다. 동양인 초보 요리사의 눈엔 경이롭기까지 한 모습이었다. 게다가 그와 함께 일하는 동료들은 꽤 너그러웠다.

언어 능력도 부족하고 요리도 서툰 초짜 요리사의 하루는 전쟁이었다. 시칠리아 행 기차 안에서 막연히 꿈꾸었던 장면(깨끗한 흰색 조리복을 입고 탑처럼 높은 모자를 쓰고 우아하게 파스타를 만드는 상황)은 결코 연출되지 않았다. 요리사에 대한 모든 꿈과 환상을 버리고 오로지 쫓겨나지 않기만 바라야 했던 시간이었다. 칠십삼과 칠십사 킬로그램을 왔다 갔다 하던 체중은 시칠리아에 간 지 두 달 만에 육십삼과 육십사 킬로그램을 오락가락하는 정도로 줄었다. 아침부터 밤까지 강도 높은 노동에 시달렸지만 그것은 박찬일이 일하는 '파토리아 델레 토리'만의 상황이 아니었다.

대부분 유럽 국가들은 주 삼십이 시간 노동제가 일반적이지만 그

---

* Ravioli, 네모 또는 반달 모양으로 익힌 이탈리아식 만두

런 곳에서조차 요리사는 주 팔십 시간 근무가 보통이다. 국민 소득 오만 불에 최고의 복지를 자랑하는 스위스조차 예외가 아니다. 요리사는 남들이 놀 때 일해야 하고, 장시간 노동에 비해 월급은 턱없이 적다. 좋아하지 않으면 결코 버텨 낼 수 없는 일이지만 그가 만난 요리사들은 음식을 다루는 일에 긍지를 가지고 견디고 있었다.

녹초가 되어 퇴근을 할 때면 잡지사 생활이 떠올랐다. 자신에게 맞지 않는 일이었지만 그것도 십 년 가까이 참아 낸 그였다. 요리가 취미면 당장 그만두어도 상관없겠지만 생존이 걸린 문제였다. 힘들다고 그만둘 일이었으면 직장을 나와 뒤늦게 유학을 와서는 안 되었다. 그의 목표는 하나였다. 한국으로 돌아가 이탈리아 레스토랑을 차리는 것.

국내산 재료로 요리한, 본령에 충실한 음식

한국에 돌아온 박찬일은 강남의 한 이탈리아 레스토랑에서 요리사 생활을 시작했다. 청담동 '뚜또베네', 신사동 '논노' 등이 그가 일한 레스토랑이다. 하지만 이탈리아에서 갈고닦은 요리법을 한국의 이탈리아 레스토랑에서 그대로 쓸 수는 없었다. 어느 정도 한국화된 이탈리아 요리를 제공해야 했기 때문이다.

진짜 이탈리아 음식은 한국인들의 입맛에 맞지 않았다. 왜 그런가 생각해 보니 '감칠맛'이 이유였다. 한국 음식의 특징은 감칠맛이지만 이탈리아 요리는 감칠맛이 전면에 있지 않을 뿐더러 아예 없는 음식도 많았다. 간장, 된장, 고추장 등이 감칠맛을 내는 재료인데 그 맛에 길든 한국인들에게 본토 이탈리아 음식은 입에 맞지 않았던 것이다. 반면 서양 음식은 단맛, 짠맛, 신맛, 쓴맛의 네 가지 맛을 전면에 내세우는 특징이 있었다. 특히 전채 요리는 신맛을, 메인 요리는 짠맛을 염두에 두고 요리하는 것이 이탈리아 음식 스타일이었다.

대신 그는 국내산 재료로 요리한, 본령에 충실한 음식을 개발하는 데 중점을 두었다. 첫째로 스승인 주세페에게 배운 대로 '가까운 곳'에서 나는 재료를 썼다. "비행기 타고 온 유기농 재료보다 농약 뿌린 국내산 재료가 더 낫다"고 말하는 그는 국내산 재료를 사용했음을 메뉴 이름에 명시했다. 이를테면 '제주산 흑돼지 스테이크와 청양고추, 봄 담양 죽순찜의 파스타'나 '동해안 피문어와 홍천 찰옥수수찜을 곁들인 라비올리'라는 식이다. 국내 원산지를 내세워 메뉴 이름을 길게 짓는 이 방식은 이내 강남 유명 레스토랑의 유행이 되었다.

여기에 더해 그는 한국인 입맛을 고려한 메뉴를 개발했다. 2007년에 만든 '굴 파스타'가 그 예이다. 굴이 귀한 이탈리아에서는 파스타에 굴을 넣을 엄두를 낼 수 없지만, 그는 제철 굴에 고추와 미나리를 접목한 굴 파스타를 만들어 한국인의 입맛에 맞췄다.

'라 꼼마'의 오너 셰프가 되다

박찬일이 월급쟁이 요리사 생활을 그만둔 것은 지인의 소개로 홍대 앞 '라 꼼마'에 오면서부터다. 처음에는 일을 위임받았고 차후엔 경영권까지 넘겨받아서 오너 셰프가 되었다. 메뉴를 짜고 창의적인 요리를 선보여야 한다는 점은 똑같지만 경영이 처음이다 보니 신경 쓸 일이 한두 가지가 아니었다. 처음 한동안은 적자가 나면 메워야 한다는 스트레스 때문에 직원들 월급날이 다가오면 덜컥 겁부터 나곤 했다.

그가 말하는 주방은 무서운 곳이다. 그도 그럴 것이 요리는 분초를 다투는 일이고 음식은 사람의 몸에 직접적인 영향을 끼친다. 손님상에 나가야 할 요리가 세 개라면, 한 요리사의 실수로 세 개가 다 엉망이 될 수 있다. 협업하지 못한 한 번의 실수는 모든 것을 망치며, 처음부터 다시 시작하려면 삼십 분이 걸린다. 기다림에 지쳐 화가 난 손님에게 음식 값을 받을 수는 없는 노릇이다.

게다가 사람들은 입에 들어가는 것에 까다롭다. 길거리에서 산 만 원짜리 옷에 문제가 있으면 너그럽게 넘어가지만 만 원짜리 음식에 문제가 있는 것은 못 넘어간다. 음식을 대하는 인간의 태도가 보수적인 것은 진화심리학적인 문제이기도 하다. 상하거나 잘못 조리된 음식은 건강을 해치거나 심지어 목숨을 위협할 수 있기 때문이다. 먹는 사람들이 예민하니 주방장은 요리사들을 으르고 몰아붙이면서 엄하게 대할 수밖에 없다.

박찬일의 지론 중 하나는 '맛이 없는 것은 용서해도 나쁜 음식은 용서할 수 없다'는 것이다. 사람의 입에 들어가는 것이므로 반드시 건강한 재료를 써야 한다. 그가 생각하는 요리사의 의무는 급양의 의무다. 아기에게 영양을 공급하기 위해 최초의 젖을 먹이는 어머니 같은 존재여야 한다.

그는 '좋은 재료로 나쁜 음식을 만들 수는 있지만, 나쁜 재료로 좋은 음식을 만들 수는 없다'고 믿는다. 당장은 속이더라도 반드시 드러난다. 그가 말하는 좋은 재료는 값비싼 것을 뜻하지 않는다. 어디에서 만들었는지 투명하게 알 수 있는 재료가 좋은 재료다. 파스타는 주재료 하나에 면을 합치는 게 전부인 단순한 요리다. 좋은 재료에 인공적으로 뭔가를 가미하는 과정 없이 재빨리 요리하는 게 이탈리아 음식의 핵심이다. 그가 강조하는 것은 그 단순함이다.

좋은 재료를 고집하는 박찬일은 눈으로 확인한 재료를 산다. 새벽부터 시칠리아의 카타니아 어시장을 활개치고 다니며 흥정을 거는 상인과 기 싸움을 벌이고, 끝내 최상급의 물건을 거머쥐고 말던 스승 주세페처럼. 시장은 해물이든 채소든 그날그날 좋은 물건이 다르기 때문에 상황에 맞춰 재료를 구입해야 한다. 또 시장을 나가는 일은 주방에서의 매너리즘을 탈피하는 방법이기도 하다. 눈앞에서 펄떡거리는 신선한 재료를 보면 '이 녀석을 어떻게 조리하지?' 하는 생각이 들면서 요리에 더욱 욕심이 생긴다.

거의 매일 새벽 첫차를 타고 노량진 수산시장에 나가는 그도 원칙만을 고집하기에는 한계가 있다. 산지에서 재료를 발굴해 오기도 하지만, 주문을 한 뒤 받아서 써야 하는 경우도 있기 때문이다. 양식 재료가 원활히 유통되는 나라가 아니다 보니, 쓰고자 하는 재료를 구하지 못할 때 수입품을 쓸 수밖에 없는 문제도 그를 안타깝게 한다.

음식에 대한 그의 생각을 대변하듯 '라 꼼마'의 주방은 홀에서 훤히 보이는 개방된 구조다. 사람들은 손님들이 음식 만드는 과정을 볼 수 있게 하려고 오픈 주방을 만들었다고 생각하지만 그에게는 다른 뜻이 있다.

"손님이 주방을 보라는 게 아니고 주방에서 손님을 보라는 거예요. 우리가 만든 음식을 손님들이 어떤 얼굴로 먹는지 보는 거죠. 손님 얼굴을 빤히 보면서 나쁜 음식을 줄 순 없어요."

그는 요리사들의 자율성에 많은 것을 맡긴다. 스스로 문제를 발견하고 해결하기를 바라는 마음에서다. 자율적인 태도는 창의성에 도움이 된다. 단지 음식을 만드는 게 전부라면 요리책을 보고 흉내 내면 될 일이다. 하지만 요리사는 새로운 것을 개발하기 위해 항상 깨어 있어야 한다.

창의성을 경쟁력으로 생각하는 박찬일은 '라 꼼마'의 모든 메뉴를 직접 만들어 냈다. 물론 하늘 아래 새로운 것은 없다. 클래식을 변형하는 것, 익숙한 것을 거부하고 정형성을 깨뜨리는 것이 그가 메뉴를 개발하는 방식이다. '고등어 파스타' 같은 메뉴에서는 도전 정신이 느껴지고, 달걀노른자로 만든 카르보나라(Carbonara)에서는 고집이 느껴진다(이탈리아의 진짜 카르보나라에는 크림소스가 들어가지 않는다).

고정 메뉴가 없는 '라 꼼마'에서 그는 손님들에게 평소 먹어보지 않았던 요리를 시도하라고 권한다. 혀는 보수적인 편이라 익숙한 것을 좋아하지만 그 익숙함을 떨쳐 내지 못하면 새로운 것을 알 수 없기 때문이다. 집으로 돌아가는 길이 열 개라면, 그는 길 열 개를 다 가 보는 사람이다. 새로운 길에서 우연한 인연을 만나고 낯선 일을 경험하기를 바라기 때문이다. 안전한 길을 시행착오 없이 걷는 것보다는 이런저런 변수에 난감해하고 끝내는 막다른 길에서 발길을 돌리더라도 그편이 낫다. 음식도 마찬가지다. 부자가 미식가가 되는 게 아니라 호기심이 많은 사람이 미식가가 되는 것이다.

글 쓰는 요리사

알려져 있다시피 박찬일은 글 쓰는 요리사다. 그는 글을 통해 와인에 대한 잘못된 상식을 날카롭게 집어내는가 하면(『와인 스캔들』, 넥서스, 2007), 시칠리아의 '파토리아 델레 토리'에서 일하던 시절을 추억하며 주방장 주세페와 부주방장 삐뻬를 그리워한다(『지중해 태양의 요리사』, 창비, 2009). 때때로 그의 펜대는 동종업계 사람들이 기절초풍할

진실을 누설하기도 한다. 물론 농담이 섞인 글이기는 하다(『어쨌든 잇태리』, 난다, 2011).

글 쓰는 셰프답게 친한 작가들도 많다. 잡지사 시절 후배였던 소설가 김중혁, 학교 후배이자 『어쨌든 잇태리』를 편집해 준 시인 김민정, 그밖에도 소설가 전성태, 김종광, 백가흠, 시인 최갑수 등이 그의 친구이자 후배들이다.

죽을 때까지 문학청년일 것이라고 말하는 박찬일이 글을 쓰는 시간은 아침이다. 새벽에 시장을 돌고 가게에 들어서는 시간은 오전 일곱 시 반, 직원들이 출근하는 시간은 아홉 시 반이다. 하루 중 거의 유일하게 혼자 보내는 이 두 시간 동안 그는 책을 읽거나 글을 쓴다.

어찌 보면 쳇바퀴 같은 일상이다. 새벽에 장을 보고, 오전에 원고를 쓰고, 직원들이 출근하면 재료를 준비하고, 점심 영업을 하고, 잠깐 쉬다가 저녁 영업을 하고, 열 시에 가게 문을 닫는다. 조금 다른 날이라고 해 봐야 영업이 끝난 뒤 지인들과 술잔을 기울이거나, 후배 요리사와 재료를 보러 지방 출장을 가는 정도다. 꽉 짜여 돌아가는 바쁜 일상 속에서 군이 글을 쓰는 이유를 물었다.

"먹고 살려고요. 원고료 주잖아요."

안 되겠다. 질문을 바꿨다. 글을 쓰는 게 요리에 도움이 되냐고. 대답은 "그렇다"이다. 요리에 대한 생각, 신념, 지론을 글로 쓰면 그것은 영원히 남는다. '좋은 재료로 요리해야 한다'라고 쓰고 스스로 그 약속을 저버릴 수는 없는 일이다. 나쁜 짓을 하고 싶어도, 나태

해지고 싶어도, 할 수 없다.

자기 수양으로 글을 썼던 옛 성인들처럼 그도 글을 자기 수양의 하나로 여긴다. 예를 들어 병어에 관한 이야기를 쓴다면, 일단 병어의 맛을 설명해야 한다. 빈 문서 앞에 앉아 병어는 서해의 순하고 부드러운 먹이를 먹었을 것이라고 상상해 본다. 글을 쓰면서 병어의 맛을 떠올린다.

'병어는 살이 입에서 녹는다. 씹는 고기가 아니다. 감칠맛만 남기고 사라져 버린다.'

그렇게 문자로 옮기다 보면 어느새 솜털 같은 살맛이 그의 입안을 맴돈다. 문장을 덧붙인다.

'병어의 살맛은 솜털 같다.'

그리고 손님들에게 병어 요리를 설명할 때, 그 느낌을 상기하면서 '솜털 같은 맛'이라고 표현한다. 글을 씀으로써 요리가 정서적으로 풍만해지는 것이다. 그러다 보면 음식을 바라보는 자기만의 관점이 생긴다. 물론 손님도 기억에 남는 요리를 먹었다는 만족감을 느낄 수 있다.

요리와 집필은 예술성과 기술성을 함께 발전시켜야 한다는 공통점이 있지만, 굳이 따지자면 집중력과 체력이 더 요구되는 분야는 요리다. 글도 궁극적으로는 독자라는 대상과 소통해야 하지만 집필 과정에서는 철저하게 혼자다. 반면 요리는 협력의 결과물이고 집단 예술에 가깝다. 손가락 끝까지 집중한 채, 동료를 믿고 함께 호흡해야 한다. 글은 불가피한 경우 마감을 조금이라도 늦출 수 있지만, 주방에서는 오 분에 한 번씩 마감이다. 정신없이 돌아가는 주방 안에서 서로를 믿고 돕지 않으면 요리의 조화가 깨진다.

글이 음식에 주는 긍정적인 영향이 있지만 그는 글과 요리 사이에서 균형을 잃지 않기 위해 노력한다. 요리사라는 본분에 충실하면서 부끄러움 없는 글을 써야 한다고 항상 다짐하기 때문에, 억지로 글감을 끌어낸 뒤 밑바닥까지 긁어 쓰는 일을 경계한다. 쓰고 싶은 말이 없을 땐 차라리 쓰지 않는 게 낫다. 좋은 재료가 없으면 음식을 만들지 않아야 하는 것과 마찬가지다.

자신의 글에 책임지는 요리사, 박찬일 셰프는 2001년《블루리본서베이》에서 선정한 '올해의 추천 셰프'가 되었다. 그 정도 실력이 안 되는데 과대평가한 것 같다는 그의 말에, 한 인터뷰에서 했던 이야기가 겹쳐진다.

"나는 요리 기술이 오십 퍼센트도 완성되지 않은 사람이에요. 계속 발전해 나가기 위해 끊임없이 노력해야죠. 세계의 모든 요리사들이 그렇게 생각할 거예요. 죽는 날까지 끊임없이 요리를 발전시켜야 해요. 연구와 노력이 없으면 후퇴하니까요."

Chef's Story

2

크레이지 레시피

최현석
엘본 더 테이블 총괄 셰프

> 기능인이 아닌 예술가가 되고 싶다면 현재에 만족하지 말 것!
> 자기만의 색깔을 가지고 늘 새로운 것을 시도할 것!

최현석

1972년 서울 출생 | 성동고등학교 졸업 | 1995년 정통 이탈리아 레스토랑 '라쿠치나'에서 요리 시작 | 2007년 《행복이 가득한 집》'문화예술계의 30대 기수' 선정 | 2008년 《멘즈 헬스》'창의력으로 성공한 30대' 선정 | '라쿠치나' 강남점, '라쿠치나 스테이크 하우스 더 그릴' '버거 프로젝트' 등 레스토랑 론칭과 기획에 참여 | 2010년 『최 셰프의 크레이지 레시피 39』출간 | 2013년 현재 '엘본 더 테이블' 총괄 셰프, 라미드호텔전문학교 호텔조리학과 학부장, 『요리 5요소에 의한 아트 푸드』출간

취재 및 집필 **서성란**(소설가, 장편 『일곱 번째 스무 살』 등)

이탈리아 레스토랑 총괄 셰프 최현석의 입맛은 무척 토속적이다. 그는 된장에 찍어 먹는 풋고추의 개운한 맛과 아랫배가 따뜻해지는 설렁탕의 진한 국물을 좋아한다. 어린 시절에 비리고 짠맛 때문에 싫어했던 명란젓은 이제 그가 아끼고 좋아하는 반찬 중 하나가 되었다. 명란젓은 요리사였던 최현석의 아버지가 즐겨 먹던 음식이다. 지방 호텔 주방장이었던 아버지는 성격이 쾌활하고 농담을 잘하고 자식들에게 관대했다. 요리뿐 아니라 미술과 음악에도 소질이 많았던 아버지를 닮은 그는 그림을 잘 그렸고, 기타를 치며 노래하는 것을 좋아했다. 요리사가 되지 않았다면 그림을 그렸거나 작곡을 하고 노래를 부르는 사람이 되었을지도 모른다.

양식 요리사였던 아버지는 이따금 집에서 요리를 해 주었다. 야채수프와 크림수프처럼 비교적 간단한 음식부터 고기와 생선으로 만든 요리까지, 그는 세 살 많은 형과 함께 아버지의 고급스러워 보이는 요리를 맛볼 수 있었다. 아버지가 요리를 할 때면 집 안에 버터 냄새가 가득 퍼졌다. 하지만 눈과 혀를 즐겁게 만들어 주었던 근사한 서양 요리를 자주 먹을 수 있었던 것은 아니었다. 특별한 맛과 향으로 기억에 남아 있는 아버지의 요리와 달리, 그가 일상적으로 먹었던 것은 시장에 가면 쉽게 구할 수 있는 재료로 만들었지만 아무나 흉내 낼 수 없는 손맛이 깃든 어머니의 음식이었다. 성격이 털 털하고 하모니카와 노래를 즐겼던 어머니는 한식집 찬모였다. 어머니는 한 가지 재료만으로도 다양하게 음식을 만들었다. 누구라도 쉽게 만들 수 있는 달걀말이와 달걀찜도 어머니가 만들면 근사한 요리가 되었다.

어린 시절 최현석은 요리사를 꿈꾸지 않았다. 초등학교 때는 로봇 태권브이 조종사가 되고 싶었고 중학생이 되어서는 로보캅을, 고등학교에 다닐 때는 무술가가 되고 싶었다. 그는 어깨 너머로 기타를 배웠고 작곡을 했다. 록 밴드 못지않게 전자기타를 잘 쳤던 형은 뚱뚱하다는 이유로 입대를 면제받았다. 공부에 별 흥미가 없었던 형은 대학 진학을 포기하고 일찌감치 밥벌이를 시작했다.

형의 첫 직장은 온양에 있는 그랜드파크호텔 양식부였다. 가업을 물려받듯 별다른 고민 없이 선택한 직업이었지만, 갓 스무 살이 된 청년이 겪어 내야 했던 사회생활은 시작부터 녹록하지 않았다. 호텔 주방의 막내로 첫 달을 보낸 형은 식구들이 깜짝 놀랄 만큼 살이 빠져 있었다. 책임감이 강하고 검소했던 형은 혹독한 신고식을 거쳐 요리사로서 자리를 잡았다. 그리고 요리사를 천직으로 알고 지금껏 한길을 걷고 있다.

어머니는 차남인 최현석이 요리사가 아닌 다른 일을 하길 바랐다. 일반적인 부모들의 바람이 그러하듯 아들이 공부를 많이 해서 지식을 쌓고, 사람들이 선망하는 직업을 갖기를 원했다. 당시 한국에서 요리사는 기능인일 뿐이었고 돈을 많이 벌거나 존경받는 직업이 아니었다. 그림과 음악도 탐탁하지 않았다. 어머니는 아버지를 닮아 다방면에 재능이 있는 아들이 넘치는 끼를 누르고 부모와 형이 가지 않은 길로 눈을 돌렸으면 좋겠다고 생각했다.

하지만 예술가적 기질을 타고 났던 최현석은 공부에는 그다지 흥미를 느끼지 못했다. 대학 입시에 떨어지고 정해진 순서처럼 입시 전문 학원에 다녔을 뿐, 그는 반드시 대학에 들어가야겠다고 생각하지 않았다. 국어와 생물을 좋아했지만 영어와 수학, 역사 공부를 하는 시간은 지루했다. 그는 학원 수업이 끝나고 자습 시간이 되면 학원 근처 도장에 가서 우슈를 배우고, 체대 입시를 준비하는 학생과 대련을 했다. 공부가 지루해서 다녔던 도장에서 그는 재미와 승부욕에 푹 빠져 운동을 했다. 도장에 다니기 시작한 지 육 개월 만에 쿵후 1단을 땄다.

재수를 하는 동안 입시 공부보다는 그림과 음악, 운동에 빠져 있었던 탓에 다시 대학 입시에서 떨어졌다. 삼수를 하라는 어머니의 권유로 어쩔 수 없이 학원에 재등록했지만 중도에 포기하고 입대를 해 버렸다. 그는 '좋아하고 잘할 수 있는 것'과 그렇지 않은 것 사이에서 갈등하고 고민하며 군대 생활을 보냈다. 제대를 하고 나니 어느덧 스스로 앞가림을 해야 할 나이가 되었다.

요리사의 기본자세를 배우다

최현석은 1995년 3월, 첫 출근을 한 그날을 지금도 생생하게 기억한다. 그의 첫 직장은 서울 한남동의 정통 이탈리아 레스토랑 '라쿠치나'였다. 그는 출근 시간보다 한 시간 일찍 일터에 도착했다. 호텔 주방장이었던 형이 첫 출근을 앞둔 동생에게 귀띔한 조언이었다.

주방은 텅 비어 있었다. 아무도 없는 그곳에서 초조한 마음을 다잡으며 삼십여 분을 기다리고 있었을 때 요리사들이 하나둘씩 나타나기 시작했다. 주눅 든 얼굴로 주방 한쪽에 서 있던 최현석에게 맡겨진 첫 임무는 어패류를 씻어서 삶는 일이었다. 그는 홍합이며 조개 따위를 깨끗이 씻어서 삶고 개수대에 쌓이는 그릇들을 설거지했다.

오전 여덟 시 반부터 시작된 일은 밤 열 시 반이 되어서야 끝났다. 휘청거리는 다리를 겨우 가누며 버스 정류장으로 걸어가는 길, 허리춤에 차고 있던 호출기가 울렸다. 그는 공중전화 부스에서 집으로 전화를 걸었다. 전화를 받은 형이 왜 아직 집에 오지 않느냐고 물었다. 긴장과 피로에 젖어 첫날을 보낸 터라 형의 목소리를 듣자마자 눈물이 왈칵 쏟아졌다.

형이 일하는 호텔 주방장과 '라쿠치나' 주방장은 서로 친분이 있는 사이였다. '라쿠치나' 주방에서 막내를 구한다는 소식을 듣고 최현석의 형이 동생을 추천한 것이다. 면접을 보는 날에도 형과 함께 갔다. 면접에 합격하자 형은 그에게 주방 막내가 지켜야 할 사항들을 미리 일러주었다. 출근 시간보다 먼저 도착해서 준비하고 있어야 하고, 화장실에 갈 때도 말없이 가서는 안 되고, 주방에 있는 식재료를 함부로 먹어서는 안 된다는 것이었다. 형은 요리사로서의 시작이 결코 호락호락하지 않다는 사실을 누구보다 잘 알고 있었다.

최현석은 아침저녁으로 버스를 세 번씩 갈아타고 금호동에 있는 집에서 한남동으로 출퇴근을 했다. 일과를 마치고 집으로 돌아가는 버스를 기다리고 있을 때면 으레 눈물이 나왔다. 육체적으로 고단했기 때문만은 아니다. 스스로 벌어서 먹고 살아야 한다고 생각하니 세상에 혼자 내던져진 듯 서러웠다. 그는 약해지는 마음을 다잡기 위해 버스에서 내리면 박수를 치면서 집까지 달려갔다. 그렇게 삼 개월이 지났을 즈음, 비로소 주방 일과 사람들에게 적응할 수 있었다.

'라쿠치나' 주방은 식전 빵과 이탈리아 요리, 밀가루로 요리를 만드는 '파스타 파트'와 육류와 생선으로 요리를 하는 '메인 파트', 차

가운 전채 요리와 디저트를 만드는 '콜 파트'로 나뉘었다. 요리사들이 가장 선호하는 파스타 파트에는 파스타 보일러와 스토브, 오븐이 있었고 메인 파트에는 그릴이, 가열하지 않는 요리를 만드는 콜 파트에는 설거지 라인이 붙어 있었다. 최현석은 콜 파트에서 처음 일을 시작했다.

엄격하면서 장난기 많고 공과 사가 분명했던 김형규 주방장은 최현석이 요리사로서 재능을 마음껏 펼칠 수 있도록 도와주었다. 기본을 강조하는 원칙주의자였던 스승 덕분에 그는 요리를 하면서 불필요하게 쓰레기를 만들지 않고, 냉장고와 창고를 수시로 정리정돈 하는 좋은 습관을 길렀다. 그는 맡은 일이 무엇이든 최선을 다하려고 했다. 그리고 누구보다 잘하고 싶었다. 요리사는 자신이 만든 요리를 내놓을 때 겉모양뿐 아니라 식재료에 떳떳해야 한다는 스승의 말을 그는 허투루 듣지 않았다.

주방은 어느 곳보다 서열이 엄격하게 지켜지는 곳이었다. 영업 시작과 동시에 농담과 장난은 사라지고 요리사들은 부산하게 움직였다. 최현석은 산더미처럼 쌓이는 그릇들을 씻으면서 요리사는 노동자로 시작한다는 형의 말을 실감했다. 그는 잠깐 자리를 비울 때마다 고참에게 이야기하는 것을 잊지 않았고, 먹음직스러워 보이는 식재료가 보여도 절대 손대지 않았다. 맡은 일을 끝내면 다른 파트에서 음식을 만들고 있는 요리사들을 유심히 바라보면서 언젠가 그곳에서 요리를 하는 자신의 모습을 상상했다.

이 년 후 파스타 파트로 옮겨 갔을 때, 최현석은 비로소 요리를 할 수 있다는 기대로 가슴이 떨렸다. 드디어 빵을 굽고 파스타를 만들었다. 김형규 주방장은 "요리사는 접시에 자신의 얼굴을 내놓는 것"이라고 말했다. 사람의 얼굴이 제각각이듯 같은 재료로 만든 요리도 요리사에 따라 맛이 달라진다고 했다. 김형규 주방장은 최현석의 성실함과 재능을 알아보았다. 그가 창의적인 요리사로 성장할 수 있겠다고 판단한 김형규 주방장은 자상한 아버지처럼, 때로는 엄격한 스승으로서 그를 가르쳤다. 최현석은 오 년 동안 이동 없이 파스타 파트에서 요리를 했다. 사 년 차 되던 해에 그가 레스토랑의 레시피 정리를 맡을 수 있었던 것은 무엇보다 요리사로서 그의 재능을 알아본 스승 김형규 주방장 덕분이었다. 최현석은 "요리사는 무엇보다 기본이 중요하다"는 스승의 말을 가슴에 새겨 넣었다.

요리에 자신감이 붙자 주방은 그가 마음껏 끼를 발휘할 수 있는 일터가 되었다. 긴 시간 서서 일했지만 힘든 줄도 몰랐다. 그림을 그릴 때처럼, 작곡을 하고 기타를 치고 노래를 부를 때처럼, 그는 주방에서 요리하는 시간을 즐길 수 있었다. 그리고 '라쿠치나'의 레시피를 정리하면서 언젠가 자신만의 색깔이 드러나는 요리를 만들어야겠다고 생각했다.

팔 년 차 되던 해, 최현석은 강남 신세계백화점에 있는 '라쿠치나' 분점의 주방장으로 승진했다. 처음으로 메인 셰프가 되어 주방에 섰을 때, 그는 온몸으로 무거운 책임감을 느꼈다. 보호막이 되어 주었던 스승이 없는 상황에서 같이 일하는 스텝들과 요리, 메인 셰프로서의 위치 등 모든 것이 스트레스로 다가왔다. 하지만 언제까지나 스승의 보호 아래 요리를 할 수는 없었다. 홀로 서는 과정이 없다면 성장도 발전도 기대할 수 없다.

그는 스승이 그랬던 것처럼 후배들을 성장시킬 수 있는 선배가 되고 싶었다. 후배들에게 기본을 엄격하게 가르쳤고, 기술자가 아닌 창의적인 요리사가 될 수 있도록 자극하고 독려했다. 이 년 후에는 본점으로 돌아와서 코스트 관리 일을 맡았다. 재료를 선택하는 것부터 관리에 이르는 일을 하면서 시장 상인들과 인맥을 쌓았고 레스토랑 운영에 참여했다.

'라쿠치나'는 최현석의 첫 직장이자 그가 요리사로서 성장한 발판이었다. 그러나 시련이 전혀 없었던 것은 아니었다. 선배들을 제치고 승진을 했던 까닭에 더러 미움을 사거나 시샘을 받기도 했다. 질시를 받는 것은 충분히 감당할 수 있었다. 하지만 홀과 주방으로 나뉘어 서로를 경계하고 따돌리는 상황이 불편했다. 그래서 아이디어를 냈다. 운동을 통해 화합할 수 있는 기회를 만들고 싶어서 직원 야구팀을 조직했다. 일주일에 하루, 한밤중에 야구 연습을 하면서 노동이 아닌 운동으로 땀을 흘리고 친목을 다졌다. 이후 최현석은 라쿠치나 스테이크 하우스 '더 그릴' 헤드 셰프로 자리를 옮겼다.

시련 그리고 육백여 개의 창작 레시피

스테이크 하우스 '소노마벨리'에서 보낸 육 개월은 최현석에게 가장 힘든 시기였다. 그를 스카우트한 사장은 영양탕 집을 운영했던 사람으로 레스토랑을 열면 단기간에 많은 돈을 벌 수 있으리라고 기대했다. 오너가 요리사와 한마디 상의도 하지 않고 혼자 메뉴를 짜는 것을 보며, 그는 일이 잘못되어 가고 있음을 짐작했다. 레스토랑 개업을 앞두고 좀처럼 잠을 이룰 수 없었다. 양식 요리는 무조건 비싸도 괜찮다고 생각했는지 음식 가격을 높이 책정해 놓았기 때문에 영업은 예상했던 것보다 훨씬 더 어려웠다. 음식 맛에 대한 고객들의 평가와 반응은 나쁘지 않았다. 그러던 어느 날, 최현석은 인터넷을 검색하다가 블로그에 게시된 충격적인 글을 마주했다. 글을 올린 사람은 '소노마벨리'에서 최현석의 요리를 먹고 간 손님이었다.

"라쿠치나 출신 요리사가 요리를 하는 레스토랑이라고 하더니 역시 라쿠치나의 요리와 겹치는 부분이 많았다."

최현석은 정신이 번쩍 들었다. 머리를 한 대 얻어맞은 것처럼 놀랍고 당황스러웠다. 미식가의 지적은 옳았다. 아무리 음식이 맛있다고 해도 그것은 '라쿠치나'의 냄새가 짙게 밴 요리가 분명했다. 장소를 옮겼을 뿐 그의 요리는 전혀 달라지지 않았던 것이다. 최현석은 고민에 빠졌다. 밤잠을 설치면서 고민을 거듭한 끝에, 그는 '라쿠치나 출신 요리사'가 아니라 자신의 이름으로 내놓을 수 있는 창작 요리를 개발하기로 결심했다. 그것은 그가 이미 오래 전부터 생각해 온 일이었다.

지나치게 높은 가격 때문에 경영에 고전을 면치 못했던 '소노마 벨리'는 개업한지 불과 삼 개월 만에 문을 닫았다. 최현석은 청담동 소재 이탈리아 레스토랑으로 다시 스카우트되었다. '라쿠치나'의 단골손님이자 그의 팬임을 자처했던 사장은 개업에 필요한 모든 준비를 최현석에게 맡겼다. 최현석은 메뉴를 짜고 발품을 팔아 이곳 저곳 돌아다니면서 주방 집기와 그릇들을 사들이는 것부터 내부 인테리어까지 전담했다. 그리고 레스토랑을 개업하는 날, 그는 '소노마벨리'에서 그의 요리를 먹고 블로그에 후기를 남겼던 블로거 '코스모스7'을 초대했다. 자기만의 특징이 드러나는 특별한 요리를 만들고자 고심했지만 무엇보다 손님들의 평가가 중요했기 때문이다.

최현석은 캐비어를 넣은 차가운 파스타를 선보였다. 손님들의 반응은 좋았다. '코스모스7' 역시 "창의적이고 예술적 감각이 살아 있는 요리"라며 칭찬했다. 요리의 맛과 모양, 서비스 등에 가혹하리만큼 혹평을 서슴지 않았던 이 미식가는 그날 이후 그의 단골손님이 되었다. 최현석은 손님들이 맛에 매혹되고 감동받을 수 있는 요리를 만들고 싶었다. 그렇게 하려면 어디에서든 먹을 수 있는 평범하고 무난한 요리가 아니라 자신만의 레시피를 만들어야 했다. 그리고 그것은 일회성으로 끝나서는 안 되는 일이었다.

레스토랑이 자리를 잡아갈 무렵, 사장은 '소노마벨리'의 사장이 그랬던 것처럼 높은 수익이 생기지 않는다고 투덜거렸다. 영업 마진을 삼십 퍼센트 이상으로 잡았던 사장은 십 퍼센트를 밑도는 수익에 만족하지 못했다. 그즈음 사장은 일신상의 이유로 레스토랑을 떠나야 했다. 그리고 자신이 자리를 비우는 동안 최현석이 레스토랑을 운영해 주기를 바랐다. 그는 사장의 레스토랑 운영 방식에 동의할 수 없었기 때문에 갈등했다. 하지만 열정을 다해 꾸려 온 레스토랑 문을 그렇게 닫을 수는 없었다. 결국 그는 일 년 육 개월 동안 요리는 물론 사장을 대신해서 직원 관리와 영업까지 도맡았다.

최현석은 최상의 식재료를 구입해서 요리한다는 원칙을 고수했다. 한편, 매주 월요일마다 새로 개발한 레시피로 요리를 만들어 손님들에게 선보였고 매달 세트 메뉴를 바꿨다. 그는 마치 신들린 사람처럼 새로운 레시피를 만들고 요리에 전념했다. 밤에 자려고 불을 끄다가도 머릿속에 아이디어가 떠올라 다시 일어나기를 반복했다. 예술가들이 영감을 받아 글을 쓰거나 작곡을 하듯, 억지로 생각을 쥐어짜지 않아도 레시피가 끊임없이 샘솟았다. 창작의 기쁨이 무엇인지 느낄 수 있었다. 열정에 사로잡혀 밤잠을 설치기 일쑤였지만 피곤한 줄 몰랐다.

미식가들과 이탈리아 요리를 즐기는 손님들 사이에서 최현석의 이름이 알려지기 시작했다. 독창적인 아이디어와 차별화된 맛으로 감동을 주고 싶다는 그의 바람은 삼천여 명에 달하는 팬들이 생기는 것으로 이루어졌다. 기대 이상의 성과를 거두었지만 그는 행여 자신이 게을러질까, 현재 상황에 만족해 버릴까 두려웠다. 성공에 도취되어 살고 싶지도 않았다. 그는 한순간 반짝 빛나는 요리사가 되고 싶었던 것이 아니었다. 평생을 독창적인 레시피를 만들고 요리하는 데 바치고 싶었다. 스텝과 손님들에게 "앞으로 오 년 동안 끊임없이 창작 레시피를 만들겠다"고 선언한 것은 스스로 약속을 깨뜨리지 않기 위해서였다.

크레이지 셰프의 탄생

일이 시작되면 주방은 전쟁터로 변한다. 평소에는 주방 스텝들과 장난을 치고 농담도 많이 하지만, 영업이 시작되면 최현석은 전쟁터의 지휘관이 된다. 그는 육 년째 새로운 요리를 만들고 있다. 새롭고 더 나은 요리를 만들어 내는 것은 기쁨이지만 그만큼 스트레스도 만만치 않다. 요리를 개발하기 시작한 첫해, 그는 자신이 천재인 줄 알았다. 십여 분 만에 메뉴를 짤 때도 있었다. 백여 가지 메뉴를 만들기까지는 별 어려움이 없었다. 식재료의 궁합을 생각했고, 책을 읽고 공부를 했지만 그의 요리 중 대부분은 갑작스러운 영감으로 만들어졌다. 머릿속에 요리 아이디어가 떠오르면 오 분 만에 접시에 담기기도 했다. 요리 기법이나 식재료에 빠져들수록 끊임없이 레시피가 떠올랐다.

연일 계속되는 무더위로 밥맛을 잃고 보리밥에 물을 말아 총각김치와 먹다가도 '이것을 내 요리로 만들어 볼까?' 생각했다. 다음날 그는 보리를 삶아 식힌 후 레몬 드레싱과 채소를 곁들여 건강식 샐러드를 만들었다. 한편, 그는 수프에 두 가지 이상의 식감이나 향이 나도록 신경 썼다. 질 좋은 송이버섯으로 수프를 만들고 싶었는데, 문득 어린 시절 먹었던 동지 팥죽이 떠올랐다. 수프에 새알심을 넣자 동양적인 느낌의 송이버섯 향과 한식의 식감을 내는 '새알심 송이버섯 수프'가 탄생했다.

한번은 텔레비전 다큐멘터리 프로그램에서 어부들이 배에서 잡은 잡어들로 즉석에서 물회를 만들어 먹는 것을 보았다. 그때 그는 이탈리아 생선 카르파치오(Carpaccio)에 드레싱을 부어 말아 먹으면 물회 같은 요리를 만들 수 있겠다고 생각했다. 최현석은 고정관념을 벗어난 요리를 추구한다. 뜨거운 음식과 차가운 음식이라는 틀에 얽매이지 않고 '뜨거운 음식에 차가운 음식을 곁들이면 어떤 맛이 날까?' 하는 호기심으로 새로운 요리를 만들었다. '바질 무스 토마토 수프'는 뜨거운 것만이 수프라고 생각하는 고정관념을 벗어나 창작한 요리다.

입맛이 토속적인 그는 세상에서 가장 사랑스러운 먹거리로 한국의 '탕'을 꼽는다. 먹고 나면 왠지 모르게 건강해지는 것 같고, 아랫

배가 불러오는 느낌이 좋다. 그는 자신이 즐겨 먹는 삼계탕에서 아이디어를 얻어 온 가족이 모이는 특별한 날에 어울릴 것 같은 '대파 크림을 곁들인 삼계탕 수프'를 만들었다. 마찬가지로 순대를 먹다가, 설렁탕을 먹다가, 문득 아이디어가 떠오르면 그것으로 새로운 요리 한 가지가 탄생했다.

최현석은 요리를 개발하고 연구하는 과정에서 소금에 관심을 갖기 시작했다. 한 가지 요리에 여러 가지 향을 내는 소금을 곁들이면 같은 요리라도 다른 향과 맛을 낼 수 있을 것 같았다. 그는 녹차와 장미, 레몬 등을 섞은 소금을 만들어 소스 대신 사용해 보았다. 기름진 연어는 상큼한 레몬 소금이나 담백한 녹차 소금과 특히 잘 어울렸다.

어찌 보면 최현석의 요리 장르는 모호하다. 이탈리아 요리를 많이 만들었지만 그는 장르에 맞추어 요리를 개발하지 않는다. 그가 만든 요리를 한마디로 정의하자면 '최현석 스타일'이다. 자기만의 요리를 끊임없이 만들어 내는 최현석, 사람들은 그를 '크레이지 셰프'라고 부른다.

요리라는 즐거운 행사

최현석은 현재 이탈리아 레스토랑 '엘본 더 테이블'의 총괄 셰프로 일하고 있다. 청담동 소재 레스토랑을 퇴사한 후 그는 말 못할 고초를 겪었다. 그곳에서 자신의 이름을 알리고 많은 팬을 확보했지만 퇴직금 한 푼 받지 못한 채 나와야 했다.

"당신은 너무 꼿꼿하고 윗사람 비위를 맞추지 못하는 게 흠이야. 적당히 타협할 줄 알아야 성공할 수 있는 거야."

'소노마벨리'를 떠날 때 사장이 한 말이 떠올랐다. 두 곳의 사장 모두 적당히 타협하지 않는 그의 태도를 비난하고 공격했다. 사장을 대신해 레스토랑 운영을 도맡은 결과가 재산 가압류와 소송으로 나타나자, 그는 배신감과 환멸감을 동시에 느꼈다. 최현석은 레스토랑을 찾는 손님뿐 아니라 스텝들에게 언제나 진실한 마음으로 다가가려 애썼다. 하지만 진실한 마음은 언제라도 통한다는 믿음은 깨졌고 그는 상처받았다. 한동안 심적 고통으로 괴로운 날들을 보냈지만 요리에 대한 열정은 사그라지지 않았다. 그는 창작 레시피를 만드는 일을 게을리하지 않았다. 그리고 한 걸음 더 나아가 레스토랑 브랜드를 기획할 기회를 얻었다.

'엘본 더 테이블'은 최현석의 다재다능한 능력과 끼를 유감없이 발휘할 수 있었던 특별한 의미가 있는 레스토랑이다. 그는 '엘본 더 테이블'의 요리사이자 디자이너이자 기획자였다. 2010년, 이곳에 스카우트된 그는 레스토랑을 설계하고 실내 인테리어를 추진했다. 주방 집기와 그릇을 사기 위해 발품을 팔고 스텝들을 직접 뽑았다. 요리사들이 입는 검은색 유니폼도 그가 디자인했다. 미술을 배우거나 대학에서 체계적으로 공부한 적은 없었지만 타고난 감각이 있었다. 요리사가 된 후에도 꾸준히 혼자 해 온 그림 작업은 레스토랑 설계와 디자인 등에 큰 도움이 되었다.

최현석은 컴퓨터를 켜고 이메일을 확인하는 것으로 하루를 시작한다. 그는 요리사를 꿈꾸는 학생들에게 매일 수십 통이 넘는 이메일을 받는다. 학생들에게 정성껏 답장을 쓴 다음, 레시피를 정리하고 메뉴를 짜며 오전을 보낸다. 스타 셰프로 알려지면서 취재 요청이 끊이지 않아 낮에는 대개 미팅과 인터뷰, 촬영 일정을 마치고 주방으로 향한다.

오후 다섯 시부터 아홉 시까지는 온전히 요리사로 산다. 그는 레스토랑을 찾아온 손님들에게 감동을 줄 수 있는 요리를 만들기 위해 긴장을 늦추지 않고 더욱 정성을 기울인다. 일주일에 여덟 번 이상 최현석을 찾아오기도 했던 블로거 '코스모스7'은 그를 가리켜 "도전하는 요리사"라고 말한다. 이처럼 요리사로서 가치를 알아주는 손님이 있기에 최현석은 끊임없이 노력하고 연구하고 창조하기를 멈추지 않는다.

시각과 미각을 동시에 만족시키는 요리는 음식이자 하나의 예술작품이다. 그래서 그는 요리를 '즐거운 행사'라고 생각한다. 최현석은 일 년에 두어 번씩 삼박 사일 일정으로 해외에 나간다. 공식적인 휴가이자 새로운 아이디어를 얻기 위한 미식여행이기도 하다. 그는 여행 기간 중에 보통 삼사십여 가지 요리를 먹는다. 한번은 홍콩에서 삼박 사일 동안 레스토랑 서른 곳을 다녔다. 그는 요리에 사람을 행복하게 만드는 힘이 있다고 믿는다. 만드는 사람과 먹는 사람 모두를 행복하게 하는 요리를 만드는 사람이 되었으니 자신은 행운아란다.

최현석은 종종 요리사인 형과 언쟁을 벌인다. 서로 자기 요리가 최고라고 떠들지만, 형은 아우가 대견하고 아우에게 형은 미더운 존재다. 어머니는 요리사 아들들이 만들어 준 음식을 흡족한 얼굴로 맛있게 먹는다. 어린 시절 그가 아버지의 요리를 먹을 때 그랬던 것처럼, 어머니는 주방 가득 음식 냄새가 향기롭게 퍼질 때마다 얼굴이 환해진다. 아버지의 자리는 비어 있다. 삼 년 전 지병으로 돌아가신 아버지는 아들의 요리를 어떤 맛으로 기억했을까.

요리사로 산다는 것은

"요리사는 노동자로 시작해서 기술자가 되고, 시련과 인내의 시간을 지나서 한 걸음 앞으로 내딛을 때 비로소 예술가가 됩니다."

최현석은 요리사로 산다는 것이 무척 고된 일이라고 고백한다. 어느 누구도 단번에 훌륭한 요리사가 될 수는 없다. 따라서 처음부터 아름다운 요리를 만들려고 하지 말고, 아이디어를 가지고 성실하고 창의적으로 요리해야 한다고 말한다.

그는 이제 '진짜 요리사'가 된 것 같다고 느낀다. 오랜 시간 요리를 했지만 요리가 싫었던 적은 한 번도 없었다. 한편, 그는 요리를 하려면 주위 사람들과 화합해야 한다고 강조한다. 마음이 불편하고 무거우면 요리에 집중할 수 없기 때문이다. '엘본 더 테이블'에서 사원 야구팀을 꾸린 것도 스텝들과 운동으로 스트레스를 해소하고 친목을 다지기 위해서였다.

그에게는 특별한 고객이 여러 명 있다. 특히 블로거 '코스모스7'은 단골손님이자 친형제처럼 절친한 사이가 되었다. 창의성과 반전, 아이디어가 번뜩이는 최현석의 요리를 좋아하고 즐기는 '코스모스7'은 남다른 요리 철학을 지닌 그를 세계 어느 유명 요리사와도 당당하게 실력으로 겨룰 수 있는 순수 국내파 요리사라고 일컫는다.

언제나 모자를 쓰고 있던, 안색이 창백한 초등학생 손님은 안타까운 기억으로 남아 있다. 아이 어머니는 일주일에 몇 번씩이나 아이를 데리고 레스토랑에 왔다. 아이는 학교에 있어야 할 낮 시간에 최현석이 만들어 준 스테이크나 파스타를 먹었다. 방송으로 그를 보고 팬이 되었다고 말하는 아이 얼굴에 병색이 가득했다. 그는 아이가 암으로 투병 중이며 어떤 음식을 해 줘도 잘 먹지 않는다는 말을 아이 어머니에게 전해 들었다. 아픈 아이가 안쓰럽고 마음 아팠지만 그가 해 줄 수 있는 것은 요리뿐이었다. 그가 아이를 향한 애틋한 마음을 담아 낸 요리를 아이는 남기지 않고 잘 먹었다. 그런데 늘 밝은 얼굴로 요리를 먹고 돌아갔던 아이가 발길을 끊은 지 어느 덧 일 년이 훌쩍 지났다. 요리사 최현석이 멋지다고 말하며 활짝 웃었던 아이의 얼굴을 그는 영원히 잊을 수 없을 것 같다.

최현석은 요리를 통해 맺은 인연을 귀하게 여긴다. 레스토랑을 찾아왔던 손님뿐 아니라 방송을 통해 그를 알게 된 학생들에게 이메일을 받을 때마다 일일이 답장을 하는 것도 그 때문이다. 학생들은 엘리트 코스를 밟지 않은 고졸 학력의 스타 셰프를 신기하게 생각하거나, 그가 어느 날 갑자기 그렇게 되었을 것이라고 막연히 짐작하며 부러워한다. 사실 그는 사람들이 겉으로 드러나는 모습만 보고 오해하는 것이 안타까울 때가 많다. 그래서 어떻게 요리사로 성공했는지 묻는 학생들에게 형이나 오빠가 된 입장에서 솔직한 상담을 하려고 노력한다.

요리사에게 이력은 곧 자존심이다. 그러나 자신을 부풀리고 속이는 것은 옳지 않다. 최현석은 허세를 부리거나 과장하고 왜곡하는 것을 경계한다. 그는 학생들에게 '요리사는 고된 노동과 인내, 창의성이 필요한 직업'이라고 말한다. 아울러, 꿈을 이룰 수 있는 길은 다양하다는 사실을 일러준다. 요리사가 꿈이라면 집안 형편이나 다른 외부적인 조건 때문에 포기할 이유가 없다. 자격증이나 해외 연수도 문제가 되지 않는다. 화려한 학벌이 요리사가 되는 지름길은 결코 아니다.

어떤 것도 하루아침에 이루어지지 않는다. '무엇을 하느냐'보다는

'어떻게 할 것인가'가 더 중요하며, 넓고 높게 볼 수 있는 시야를 기르라고 조언한다. 그는 요리사가 갖추어야 할 첫째 조건으로 성실성을 꼽는다. 육체노동을 하려면 무엇보다 자기 관리에 철저해야 한다. 특히 틈틈이 떠오르는 생각을 아이디어 노트에 기록하는 것을 잊지 말아야 한다. 그것이 바로 요리사의 재산이기 때문이다. 요리사는 자기만의 색깔을 가지고 늘 새로운 것에 도전해야 한다.

최현석은 어려운 환경에서 꿈을 키워 가는 학생들의 롤모델이 되고 싶다. 라미드호텔전문학교 호텔조리학과 학부장인 그는 요리사를 꿈꾸는 학생들과 만나 실습과 강연을 하고 있다. 그는 학생들에게 "요리 실력만이 아니라 기획력을 가져야 한다"고 강조한다. 요리사가 요리만 하는 시대는 지났다. 창의적으로 생각하고 새로운 것에 도전하지 않는다면 좋은 요리사가 될 수 없다. 기능인이 아니라 예술가가 되고 싶다면 현재에 만족하지 말고 끊임없이 자신을 채찍질해야 한다. 힘들고 어려운 과정 없이 성과를 기대할 수 없는 법이다.

이따금 그는 이태원 소재 이탈리아 레스토랑의 오너 셰프인 스승 김형규를 찾아간다. 스승의 관심과 애정, 믿음과 지지는 그를 꾸준히 거듭나게 했다. 스승은 그에게 요리사의 기본자세를 알려 주었고 좋은 습관을 가질 수 있도록 이끌어 주었다. 무엇보다 현재에 만족하지 않고 새로운 것을 만들어 낼 수 있어야 진정한 요리사가 될 수 있다고 가르쳤다. 스승이 그랬던 것처럼, 그도 후배 요리사들에게 자극을 주고 긍지를 심어 주는 선배가 되고 싶다.

최현석은 일상에서 요리의 영감을 얻는다. 분홍색 장미꽃을 보면 장미의 색깔과 향에 어울리는 식재료를 생각해 본다. 분홍색 장미 꽃은 그의 머릿속에서 핑크빛 거품 소스로 변신한다. 장미 거품과 가장 잘 어울릴 재료로는 바다가재를 결정했다. 한 편의 창작 레시 피가 만들어졌고 그는 '로맨틱 장미 거품과 페스토 크림 바다가 재'라고 요리 이름을 짓는다. 방송 출연과 인터뷰, 강연과 실습 등으로 바쁜 일상을 보내는 그가 가장 행복한 순간은 역시 요리를 할 때다. 새로운 레시피를 짜고 요리해서 손님들 앞에 내놓을 때, 그는 온전히 '크레이지 셰프' 최현석이 된다.

Chef's Story

3

접시에 담긴 맛있는 이야기

백 상 준

컬리나리아 12538 오너 셰프

66

요리는 특정 국가를 넘어서는 요리사만의 고유 음식이라 생각해요.
저만 할 수 있는 요리로 사람들과 교감하고 싶어요.
거기에 맛과 이야기를 담는 겁니다.

99

백상준

1982년 서울 출생 | 2007년 미국 CIA요리학교 졸업 | 뉴욕 소재 '만다린 오리엔탈' '그래머시 타번' '노부' '장조지' '블루힐' 등 근무 | '정식당' '비스트로 욘트빌' 등에서 매니저 경력을 쌓은 후 2010년 '컬리나리아 12538' 개업 | 2011년 KBS 〈생방송 오늘〉 '우리 땅 우리 음식', 올리브TV 〈올리브 쿠킹타임〉 등 출연 | 네스카페 돌체 구스토 시에프(CF) 모델, 유럽연합 농수산식품부 한국 홍보대사 활동 | 2013년 현재 '컬리나리아 12538' 오너 셰프, 혜전대학교 호텔조리외식계열 겸임교수

취재 및 집필 **강남영**

모니터 화면을 보던 그의 얼굴이 별안간 구겨진다. 블로그 글에
는 노골적인 적의가 깔려 있었다. 골자는 최근 우후죽순 생겨나는
'연어족'들의 레스토랑이 불쾌하며 그래야 고급인 양 잔뜩 멋을 부
린 요리가 불편하다는 것이었다. 블로거는 그 대표적인 예로 그를
거명하고 있었다. 분명 레스토랑을 다녀갔던 손님은 아니었다. 정
작 그의 요리와 맛 자체에 대해서는 일언반구도 없었다. 그는 일그
러진 미간을 펴며 노트북을 덮는다. 기분은 언짢지만 누군지도 모
르는 사람을 찾아가 따져 물을 수도 없는 노릇이다. 홀 한쪽에 서
있는 괘종시계가 오전 열 시를 알린다. 점심 프렙*시간이다.

백상준. 그는 이제 서른 살을 갓 넘긴 요리사다. 사람들은 파인 다
이닝** 레스토랑을 운영하는 그를 '백 셰프'라고 부른다. 그리고 그 뒤

---

*   Prep, 요리 전 식재료 준비 작업
** Fine Dining, 고급 레스토랑 또는 고급 정찬 요리를 그에 걸맞은 서비스를 통해 즐기는 과정

에는 언제나 '최연소 오너 셰프'와 '훈남 스타 셰프'라는 수식어가 따라붙는다. 백상준은 레스토랑 개업과 동시에 대단한 유명세를 탔다. 어떻게 알았는지 언론 매체 여기저기서 섭외 요청이 들어왔고, 소셜 네트워킹을 통한 입소문은 그보다 더 빠르고 확실하게 요리사 백상준의 이름을 알려 주었다. 레스토랑은 개업 후 육 개월 동안 늘 만석이었다. 찾는 손님들이 많아질수록 인터넷을 통한 웹 콘텐츠는 차곡차곡 쌓여 갔다. 그와 그의 요리에 대한 평가도 엇갈리기 시작했다.

미식에는 정도가 없다. 백상준 역시 개개인의 식성과 기호를 존중한다. 그러나 자신에 대한 선입견 때문에 요리까지 폄하하는 것만은 인정할 수가 없다. '유학 갔다 와서 어린 나이에 요리사랍시고 뻐기는 놈'이라 해도 좋다. 하지만 그 말을 내뱉기 전에 우선 그의 요리부터 먹어 봐야 한다. 요리사라면 요리의 맛으로 평가받아야 마땅하다.

그는 보이지 않는 편견을 깨고, 자신의 요리가 틀리지 않았다는 것을 증명하기 위해 오늘도 깔끔하게 다림질한 유니폼을 갖춰 입는다. 구릿빛 나무문을 미는 손에 잔뜩 힘이 실린다. 얕은 흥분이 등줄기를 타고 흐른다. 날마다 짜릿한 전쟁이 벌어지는 그만의 공간, 주방 안으로 발을 내딛는다.

정오가 지나자 테이블은 연인들로 꽉 찬다. 오늘은 평소보다 더 바지런히 몸을 놀려야 하는 밸런타인데이다. 백상준은 빠르게 홀을

훑는다. 그들은 둘만의 추억을 만들기 위해 부러 이곳을 택했을 것이다. 그는 고마운 마음을 요리로써 보답한다. 고급스러운 접시에 맛과 정성을 담고 소담스레 이야기를 얹는다.

"파인 다이닝 레스토랑은 한 끼 식사 가격이 만만치 않잖아요. 아마 일 년에 한두 번 정도 오실 거예요. 그래서 레스토랑을 찾은 손님들에게 기분 좋게 대접받는 느낌을 주고 싶어요. 최고의 맛, 최상의 서비스는 당연하고, 거기에 저만의 위트를 더하면 좋을 것 같아요. 접시에 담긴 요리 하나로 손님과 얘기하는 것 같은……. 맛있는 대화, 뭐 그런 거요."

연인들을 위한 특별한 만찬 준비는 끝났다. 입을 즐겁게 하는 작은 먹거리, 아뮤즈 부슈*로 그의 이야기는 시작된다. 유리 볼에 문어 세비체(Cebiche), 스푼 모양의 미색 도자기 그릇에 연어 그라블락스(Gravlax)를 올린다. 노란 빛깔이 앙증맞은 단호박 블랑도 곁들인다. 아뮤즈 부슈는 대개 자투리 재료를 활용해 만들지만, 그는 따로 고가의 식재료를 구입한다. 소량이지만 가장 많은 시간과 공을 들이는 요리기도 하다. 첫인상을 좌우하는 음식인 만큼 허투루 대접하고 싶지 않아서다.

홀 서버가 완성된 아뮤즈 부슈를 들고 간다. 여자가 새초롬한 표정으로 포크를 든다. 백상준은 고개를 들어 슬근히 여자의 눈치를

---

* Amuse-Bouche, 식전 입맛을 돋우는 요리

살핀다. 언제나 긴장되는 순간이다.

라면 고수, CIA요리학교에 입성하다

시험이라 긴장한 탓은 아니었다. 그것도 가장 자신 있던 외국어 영역이었다. 어이없이 답안지를 밀려 써 수능을 망친 백상준에게 재수의 기회는 주어지지 않았다. '인(In) 서울'은 언감생심이었다. 그렇다고 수도권 언저리 대학교를 힐금거리고 싶지 않았다. 무작정 부산 소재 대학교에 원서를 냈다. 될 수 있으면 혼자 멀리 떨어져 생활해 보고 싶었다.

부산에 있는 학교에 가겠다고 했을 때 부모님은 크게 반대도 실망도 하지 않으셨다. 그도 그럴 것이 아버지에게 그는 길쭉이 뻗은 큰 키밖에는 자랑할 게 없는 아들이었다. 관심과 기대는 늘 '엄친딸'인 누나의 몫이었다. 그가 무엇을 하든 일등인 누나와 비교만 될 뿐이었다. 그런 누나에게 유일하게 인정받은 것이 있다면 바로 라면 끓이는 실력이었다.

"나는 상준이가 끓여 주는 라면이 세상에서 제일 맛있더라."

스물둘, 청춘의 밤이 비릿한 바닷바람을 맞으며 저물고 있었다. 그날도 백상준은 친구들과 함께 자갈치시장에서 투박하게 썬 회 한 접시를 마주한 채 소주잔을 기울였다. 여럿이 뭉쳐 다녔던 친구

중 대부분은 군대에 가고 없었다. 그나마 몇 안 남았던 녀석 중 하나가 이번 학기가 끝나자마자 군대에 간다고 선언했다. 그의 입에서 절로 한숨이 새어 나왔다. 무작정 놀다 보니 금세 이 년이 지나갔다. 군대도 문제지만, 그보다 적성에도 맞지 않는 국어국문학과를 계속 다녀야 할지가 더 걱정이었다.

'졸업하면 뭘 해서 밥벌이를 하나…….'

그때 불현듯 "상준이가 끓여 주는 라면이 세상에서 제일 맛있더라"는 누나의 말이 뇌리를 스쳐 지나갔다.

"나, 라면 가게 차리면 어떨까?"

"야가 갑자기 라면 타령이고, 라면 먹고 싶구로! 야, 그란디 상준아 니는, 라면 하나는 쥑인다! 생각하니 진짜 억수로 묵고 싶네. 그라서 언제, 끓여 줄끼고, 어?"

"그래? 알았어 인마! 당장 끓여 줄게. 가자, 가!"

괜히 우쭐해진 그는 허리를 곧추세우며 술잔을 부딪쳤다. 그가 정성껏 끓인 라면을 먹고 만족하는 누군가의 모습을 떠올리자 만고에 걱정거리가 사라지는 듯했다. 투명한 회 한 점을 집어 입에 넣었다. 고소한 향이 혀끝에 걸렸다. 역시, 봄 도다리였다.

자연이 알려 주는 계절은 피부로 느끼는 것보다 빠르고 정확하다. 아직도 쌀쌀한 이월 중순이었지만 입춘이 지난 지는 한참이다. 산과 들, 바다에서 나는 식재료들이 서둘러 봄을 알려 준다. 백상준은 그 소식을 애피타이저로 전한다. 일명 '봄 바다의 도다리'이다.

반질한 접시에 노릇하게 구운 도다리를 올린 후, 봄동으로 만든 퓨레*를 방울방울 떨어뜨린다. 그 사이 공간은 당근과 순무, 금귤로 앙증맞게 플레이팅**한다. 도다리가 헤엄치는 바다와 화사한 봄날의 들판을 담은 요리가 손님의 테이블 위에 놓인다.

"그걸 운명이라고 해야 하나? 특별한 끌림이었어요. 마치 자력에 이끌리는 것처럼 자연스럽게 그쪽으로 움직였어요. 상황도 열심히 하게끔 만들어졌고요. 그런데 이상하게 떨어질지도 모른다는 생각은 단 한 번도 안 들더라고요. 다시 그렇게 공부하라고 하면, 아휴, 절대로 못 하죠!"

백상준은 대학 삼 학년 겨울방학 때 미국으로 어학연수를 떠났다. 육 개월 정규 코스가 거의 끝나 갈 즈음, 그는 기숙사에서 우연히 신문을 펼쳐 들었다. 그리고 신문 한 귀퉁이에 실린 모집 광고는 소박한 라면 가게 사장을 꿈꿨던 청년을 고급 레스토랑 요리사로 바꿔 놓았다. CIA***에서 신입생을 모집한다는 것이었다. 그 순간, 뜨거운 무언가가 가슴에 쏙 박히는 것 같았다. 막연하게 요리를 좋아한다고만 생각했던 그의 눈앞으로 또렷한 길이 펼쳐졌다. 한 번도 느껴보지 못했던 열의가 온몸을 휘감았다. 주저할 하등의 이유가

---

*   Puree, 채소를 삶아 걸쭉하게 만든 것
**   Plating, 완성된 요리를 접시에 담아 장식하는 모양새
*** The Culinary Institute of America, 제2차 세계대전 참전 군인들에게 요리 기술을 가르치기 위해 설립된 미국에서 가장 오래된 명문 요리학교

없었다.

학교에 입학하려면 동종업계에서 육 개월 일한 경력과 토플 점수 오백십 점 이상이 필요했다. 호텔에서 아르바이트로 일했던 경력은 충분했다. 문제는 토플이었다. 마침 기숙사를 나와야 할 상황이어서 잠시 지낼 허름한 방부터 구했다. 그곳에서 그는 자는 시간을 제외하고는 토플 책을 손에서 내려놓지 않았다. 그의 말마따나 "뭐에 씐 것처럼" 무섭게 공부했던 시절이었다. 한 달 뒤, 백상준은 합격선에서 딱 팔 점 더 높은 점수를 얻을 수 있었지만 하마하마 기다리던 합격 통지서는 도착하지 않았다. '그만 마음을 접어야 하나 보다' 하고 포기할 즈음, 영광스러운 소식이 날아들었다. 그는 커다란 덩치로 폴짝폴짝 뛰었다.

그토록 희망했던 학교였지만 입학한 순간부터 쉬운 것이 하나 없었다. 전교생 삼천 명 중에 한국인은 그를 포함해 단 일곱 명이었다. 알게 모르게 인종차별이 있었지만, 한가롭게 고민할 여력이 없었다. 학위 과정은 방학도 없이 삼십팔 개월 동안 계속되었다. 삼주 만에 한 블록 과정을 끝내야 하고, 수업이 있는 날은 오전 다섯시부터 학교에 나와 수업 준비를 해야 했다. 살인적인 수업 강도를 견디지 못하고 탈락하는 학생이 부지기수였다. 입학생의 삼십 퍼센트가 중도 포기하고 단 다섯 명 정도만이 블록 유급 없이 졸업장을 품에 안을 수 있었다. 그런 살벌한 분위기 속에서 말도 잘 통하지 않는 한국인 학생은 당연히 위축될 수밖에 없었다.

백상준에게 가장 큰 어려움은 언어 소통이었다. 철저하게 팀 위주로 돌아가는 수업에서 '혹시 내가 다른 학생들에게 피해를 주지 않을까' 두려웠고 그럴수록 주눅이 들었다. 그는 못 알아듣는 단어를 기억하고 있다가 기숙사에 돌아가면 곧장 찾아보고 몇 번이나 다시 복습했다. 잠을 자야 다음날 일정을 소화할 수 있는데, 쉬이 잠이 오지 않았다. 내일이 올까 봐 눈을 감는 게 무서웠다. 좀 더 공부한 후에 다음 과정으로 옮길까도 생각했지만, 한편으로 오기가 생겨났다. 그는 하루 두세 시간을 자면서도 다부지게 이를 물었다. 다행히 시간이 지날수록 학교생활에 적응해 갔다. 새벽에 일어나서 학교에 가는 것은 여전히 고역이었지만 막상 수업이 시작되면 희한하게 힘이 솟아났다. 재료 하나하나의 맛과 의미를 알아가는 공부가 신기하고 재밌기만 했다. 백상준의 요리 재능은 단기간에 그야말로 일취월장해 갔다.

엑스턴십*에 나가기 전, 블랙퍼스트 키친 코스의 졸업식이 열렸다. 블랙퍼스트 키친에서 일등을 차지한 학생이 오믈렛을 만들어 초청 연사에게 대접하는 것은 그들만의 전통이었다. 그날 백상준 앞에는 미국 최고의 요리사로 불리는 토마스 켈러(Thomas Keller)가 앉아 있었다. 백상준은 자신이 만든 매끈한 반달 모양의 오믈렛을 그에게 내밀었다. 오믈렛을 한입 베어 문 토마스 켈러의 표정은 담

* Externship, 외부 식당에서 직접 요리를 경험할 수 있도록 하는 것

담했다. 백상준은 달뜬 얼굴을 부비며 그 광경을 지켜보기만 했다. 그 순간은 그가 CIA에서 받은 최고의 선물이었다.

요리사의 정신을 가르친 할머니의 고추장

비시스와즈(Vichyssoise)는 '비시풍의 찬 크림수프'를 뜻한다. 프랑스 비시(Vichy) 지역의 여염집에서는 저녁에 끓여 먹었던 수프를 아침에 찬 상태로 또 먹었다. 여기에서 유래한 음식이 비시스와즈이다. 백상준은 비시스와즈를 자주 메뉴에 올린다. 수프 한 그릇에는 윤기를 머금은 할머니의 고추장에 대한 추억이 담겨 있기 때문이다.

택시에는 고추장이 바리바리 실려 있었다고 한다. 고추장 통을 이고 메고 몇 번을 날랐다는 어머니의 목소리에는 짜증이 묻어났다.

"아니, 갑자기 왜 안 하던 짓을 하시나 몰라. 이 많은 걸 다 어디에 넣으라고······."

"오호! 고추장 장사를 해도 될 것 같은데. 갑자기 고추장을 왜 이렇게 많이 보내셨대?"

"너 두고두고 먹으라고 보내셨단다. 기력 좋을 때 미리 만들어 놓으시겠다고."

할머니는 손맛이 깊어 모든 음식을 잘했다. 그중에서도 백미는 고추장. 미국에 있을 때도 한밤중에 배가 고프면 벌건 고추장을 밥에 쓱쓱 비벼 먹곤 했다. 한국에 나왔다 하면 진귀한 보물단지나 되는 양, 가방 가득 고추장을 담아 가던 그였다. 냉장고를 열었다 닫았다 하며 구시렁대는 어머니를 밀치고 고추장 통 하나를 집어 들었다. 뚜껑을 열자 고운 붉은 빛깔이 드러났다. 입 안 가득 침이 고였다. 그가 제일 좋아하는 햇고추장이었다. 얼른 대접에 고추장과 참기름을 넣고 밥을 비볐다. 그 위에 달걀부침으로 화룡점정을 찍었다.

"캬! 역시 우리 할머니 고추장이 최고!"

두둑하게 배를 채우고 나니 달달한 포만감이 밀려왔다. 평생 할머니 고추장 하나에만 밥을 먹는다 해도 좋을 것 같았는데, 그의 바람은 이루어지지 않았다. 할머니는 한꺼번에 고추장을 만들어 보내시고 정확히 석 달 뒤에 돌아가셨다. 항상 "우리 강아지가 최고"라며 엄지손가락을 치켜세우던 할머니는 그가 유명 셰프로 자리 잡는 것을 보지 못하셨다.

백상준이 레스토랑을 개업하기 얼마 전, 어머니는 대단한 가보를 내보이듯 종지에 담긴 마지막 고추장을 꺼내 놓으셨다.

"이게 진짜 마지막인데, 너만 몰래 주려고 남겨 둔 거야. 이제 이 귀한 걸 못 먹어서 어쩌나."

매큼 달큼, 구수한 할머니의 고추장은 이제 어디에서도 먹을 수가 없었다. 그는 달걀도 참기름도 없이 맨밥에 고추장만을 넣어 비녔다. 한입 크게 떠 넣자 코끝이 시큰거렸다. 백상준은 명문 요리 학교에서 기본 요리 기술을 배우고, 유명 레스토랑을 전전하며 요리사의 자세를 익혔다. 그러나 요리사가 반드시 지녀야 할 정신은 다름 아닌 할머니에게서 배웠다.

'할머니의 마음으로 만든다면 최고의 요리가 나올 텐데…….'

가슴속에 아로새겨 보지만 그가 아무리 노력해도 손자를 향했던 할머니의 그 정성을 따라갈 수 없을 것이다.

백상준은 밍근한 비시스와즈를 그릇에 담으며 말간 햇살에 고추를 널어 말리고, 곱게 빻은 고춧가루와 메줏가루, 찹쌀을 긴 나무막대로 휘휘 젓는 할머니의 모습을 그려 본다. 그는 그 마음을 조금이나마 흉내 내어 요리를 만들려고 항상 노력한다. 정성껏 끓인 수프에 쌉싸래한 파 오일과 허브의 일종인 아루굴라(Arugula) 퓨레를 뿌려 마지막 향을 돋운다. 고급 레스토랑의 이름값 하는 독창적인 수프를 기대했던 손님이라면 평범한 비시스와즈에 적잖이 실망하겠지만, 누군가는 담백한 맛에서 잊었던 할머니가 떠오를지도 모를 일이다.

음식 맛을 완성하는 주방의 비밀

그윽한 재즈 선율이 레스토랑 실내를 감싼다. 연인들의 웃음소리가 간헐적으로 들려온다. 코스 요리가 진행될수록 더없이 평화로운 분위기의 홀과 달리 주방은 치열한 전쟁터로 변한다. 팔을 걷어붙인 백상준과 스텝들은 각자 맡은 파트 일에 몰두한다. 스텝들의 눈빛 신호가 수시로 허공을 가로 긋는다.

이어질 코스는 생선 요리, 랍스터 부케 리조또다. 잘 손질한 랍스터를 육십 도의 정제 버터에 넣고 저온 조리한다. 오븐 타이머를 십 분에 맞추고 그 사이 리조또를 만든다. 리조또의 독특한 풍미를 책임지는 것은 사프란(Saffron)이다. 일일이 수작업으로 꽃 백육십 송이를 따봤자 고작 일 그램만을 얻을 수 있는 값비싼 향신료다. 카놀라유로 볶은 쌀에 사프란을 넣으면 된다. 그런데 사프란이 있어야 할 자리에 보이지 않는다. 그는 재빨리 고개를 돌린다. 보조 셰프가 어쩔 줄 모르며 입을 뗀다.

"그게, 분명 아까 여기 있었는데, 잠깐 다른 일을 하다 보니……."

"뭐야? 같은 파트들은 안 챙기고 뭐 하고 있었어!"

좀처럼 화내는 법이 없는 그가 언성을 높인다. 짧은 시간 내에 음식이 나가려면 무엇보다 스텝들과의 합이 맞아야 한다. 제아무리 실력이 뛰어난 수석 셰프라 해도 스텝들과 손발이 맞지 않으면 말짱 허사다.

CIA를 졸업한 백상준은 점점 더 요리가 좋아졌다. 최고의 요리사가 되고 싶다는 욕심도 생겼다. 시간과 체력이 허락되는 한 더 많은 레스토랑을 돌며 실전 기술을 익히고 싶었다. 뉴욕은 젊은 예비 요리사를 두 팔 벌려 환영해 주었다. 한국처럼 "뭐 달린 사내자식이 요리한다"며 아니꼽게 쳐다보는 사람도 없었고, 요리 비결을 알고 싶다 해서 스파이로 몰릴 일도 없었다.

뉴욕의 레스토랑들은 각기 그들만의 특징과 기법을 가지고 있었다. 그는 '만다린 오리엔탈' '그래머시 타번' '노부' '장조지' '블루힐' 등 뉴욕의 유명 레스토랑을 돌며 실전 경험을 쌓았다. 이 년 동안 그에게 휴일이란 없었다. 오전 열 시에 출근해서 새벽 세 시까지 주방을 지켜야만 했다. 어떤 날은 화장실에 한 번도 가지 못할 정도로 바쁜 하루를 보냈지만, 행여 하나라도 놓칠까 눈과 귀를 쫑긋 세웠다. 그는 수많은 레스토랑 중 자신에게 가장 많은 영향을 끼친 곳으로 '그래머시 타번'을 꼽는다. 그곳에서 그는 요리사의 중요한 덕목인 조화와 균형을 배웠다.

한번은 이런 일이 있었다. '그래머시 타번'은 엄청난 규모를 자랑하는 레스토랑이다. 하루에 이백 명 가까운 손님을 맞기 위해서 주방 스텝들은 동분서주 눈코 뜰 새 없이 움직여야 했다. 각각의 재료는 파트별로 두 명씩 조를 이뤄 오전과 오후 시간을 담당했다. 오전 조는 퇴근하기 전 오후 조의 요리 재료 준비를 끝내야 했다. 오후 조를 맡은 백상준은 출근하자마자 수납장을 확인했다. 맨 앞에 있는 재료를 확인하고는 바로 저녁 업무에 들어갔다.

얼마 지나지 않아 주방이 발칵 뒤집혔다. 주문은 밀려들어 오는데 음식을 만들 수가 없었다. 수납장에 있던 재료는 달랑 하나뿐이었다. 결국 손님들에게 양해를 구하고 당일 해당 메뉴를 없앴다. 그는 스텝 서른 명이 지켜보는 가운데 총괄 셰프에게 정신이 아찔해질 만큼 혼이 났다. 억울한 마음에 변명했다가 더 큰 호통이 떨어졌다. 한 팀이라면 서로 보이지 않는 부분까지 협력해야 하고 그래야 주방 전체가 잘 돌아간다는 것이었다. 한낱 주방 막내였던 그는 당시에 그 말을 온전히 납득하지 못했었다.

음식 맛은 주변 환경에 민감하게 반응한다. 최상의 식재료와 레시피, 식기구가 있다. 하지만 그것을 조합해 요리하는 것은 사람이다. 신기하게도 같이 일하는 스텝들과 호흡이 잘 맞으면 요리도 잘 나온다. 반대의 경우, 겉모양이 아무리 완벽하더라도 무엇인가 모자란 결과가 나온다. 그래서 백상준은 최고의 맛을 좌우하는 중요한 변수로 주방 분위기를 꼽는다. 그는 그 공간에서만 느낄 수 있는 활기가 좋다.

"바쁘게 주방이 돌아가면 저도 모르게 신이 나요. 어느 정도 일을 같이 하다 보면 말을 안 해도 눈빛만으로 뭐가 필요하고 뭐가 마음에 안 드는지 알아요. 직원들이랑 호흡이 척척 들어맞을 때의 쾌감이란 이루 말할 수 없어요. 그때가 제일 행복합니다."

사프란을 찾느라 시간이 조금 지체되었다. 볶은 쌀에 닭 육수와 사프란을 넣고 잘박하게 끓인다. 소스는 랍스터 육수에 와인 식초와 화이트 와인, 샬롯(서양 양파의 일종)을 넣고 조리다가 버터 몽테*한다. 저온 조리한 랍스터와 샛노랗게 물든 리조또를 접시에 담는다. 소스를 뿌리고 알록달록한 식용 꽃으로 가장자리를 장식한다. 드디어 랍스터로 만든 화려한 부케가 완성된다. 밸런타인데이를 맞아 남자가 연인에게 바치는 사랑의 증표이다. 모쪼록 그녀의 마음에 들길 바란다.

국내 최연소 오너 셰프가 되다

이제 주요리, 코스의 하이라이트인 스테이크가 남아 있다. 단일 메뉴로 백상준이 가장 신경을 많이 쓰는 요리이기도 하다. 그는 이번 특식을 단 몇 시간 만에 구상했다.

'밸런타인데이를 맞은 연인들은 레스토랑에서 근사한 식사를 마치고 난 후 과연 무엇을 할까?'

대답은 의외로 간단했다. 낭만적 기분에 취한 그들을 위해 솔직한 유머를 선물하기로 했다. 쇠고기는 사과나무와 숯의 향이 배이

---

*   Monte, 오일, 버터 등의 유지류로 소스 농도를 맞추는 조리 방법

도록 미리 수비드* 처리해 두었다. 은은한 내음이 코끝을 간질인다. 그는 가끔 하고 싶은 요리를 마음껏 할 수 있는 지금이 꿈결같이 느껴진다. 사람들은 대부분 그가 아무런 좌절도 없이 단박에 오너 셰프 자리를 꿰찬 줄 안다. 절대, 모르시는 말씀이다.

미국에서 실전을 익힌 백상준은 2007년 한국에 돌아왔다. 그는 공익 근무를 하는 동안 진지하게 향로를 고민했다. 학교 동문은 거의 대기업 메뉴 개발팀에 들어가거나 유명 호텔의 수석 셰프로 거취를 정했다. 백상준은 '진짜 셰프'가 되고 싶었다. 그만이 할 수 있는 요리를 만들고 싶었다. 이미 오너 셰프로 인정받은 선배들이 그에게 확신을 심어 주었다. 짬짬이 가게 자리를 보러 다니며 구체적인 계획을 짰다.

부모님은 늘 그의 선택을 지지했던 터라 당연히 레스토랑 개업도 찬성하실 줄 알았다. 그러나 평생 한 직장에서 근속했던 아버지의 반대는 완강했다. 만만치 않은 개업 비용도 문제지만 젊은 나이에 사업한다는 것을 영 못 미더워하셨다. 남의 밑에서 눈물밥도 먹어 봐야 사회생활이 뭔지 안다는 것이었다. 애원도 협박도 소용없었다. 그렇다고 그냥 포기할 수는 없었다.

이래저래 개업할 방법을 찾던 그에게 어느 날 투자자가 나타났다. 최고급 상가를 짓는데 일 층에 레스토랑을 내주겠다고 했다. 솔

---

* Sous Vide, 재료 본연의 맛을 그대로 살리기 위한 진공저온요리법

깃한 제안이었다. 그 사람 말만 철석같이 믿고 본격적인 개업 준비에 착수했다. 그러나 얼마 지나지 않아 쓴 배신감만 안은 채 돌아서야 했다. 그는 자신의 식탁을 그럴싸하게 차려 줄 전용 요리사가 필요했을 뿐이었다.

백상준은 열정을 가지고 달려들수록 현실의 높은 벽을 체감했다. 미국에서 가져왔던 자신감도 시나브로 사라져 가고 있었다. 한국에서 오너 셰프를 꿈꾸는 것 자체가 사치인 것만 같았다. 오너 셰프가 안 될 바에는 미국으로 들어가 처음부터 시작하는 게 나았다.

자포자기하던 그에게 마지막 손길을 내민 것은 누나였다. 누나는 "저렇게 하고 싶다 하니 한번 믿어 보자"며 부모님을 설득했다. 마침내 부모님도 백기를 들었다.

2010년 7월, 한국의 최연소 오너 셰프 백상준은 따가운 땡볕 아래 '컬리나리아 12538' 간판을 내걸었다. 'Culinary(요리의)'에 '-ia'를 넣어 그만의 '요리나라(Culinaria)'를 세우고, CIA의 우편번호인 '12538'을 붙여 상호를 지었다. 그의 나이 스물아홉이었다.

프렌치 파인 다이닝과 토판염의 만남

무쇠 팬에 카놀라유를 두르고 일 분 정도 예열한다. 그 옆에는 선홍빛 쇠고기 안심이 얌전히 놓여 있다. 백상준의 이름은 개업 초반부터 미식가들의 입에 오르내렸다. 그는 인기의 원인을 식재료에서 찾는다. 아무리 프랑스 요리지만 한국인 입맛에 맞으려면 현지에서 나는 재료만을 써야 한다는 것이 그의 지론이다.

개업 준비로 한창 바쁜 와중에 전국 각지를 돌며 미식 여행을 한 것도 그 때문이다. 그는 직접 보고, 만지고, 맛보며 최고의 식재료만을 엄선했다. 그렇게 해서 화학 사료가 아닌 건초와 메주, 석회, 옥수수 등을 섞어 발효시킨 유기농 사료로 키운 전남 옥과의 처녀 암소를 발견했고, 부산 자갈치시장의 달고기와 홍성 남당항의 새조개, 횡성의 더덕, 인삼 등을 확보할 수 있었다. 지금도 요리에 얼마나 쓰이든 그의 까다로운 기준을 통과하지 못한 식재료들은 절대 주방 문턱을 넘을 수 없다.

팬에서 솔솔 연기가 올라온다. 스테이크를 굽기 직전에 소금 간을 한다. 그가 가장 아끼는 '토판염'이다.

서두른다고 했는데 중천에 떠 있던 해는 서쪽으로 제법 기울고 있었다. 갯벌 앞으로 넓게 펼쳐진 염전이 한눈에 들어왔다. 허름한 소금 창고가 부표처럼 군데군데 떠 있었다. 알려 준 주소가 맞는 듯했지만, 주변에 누구 하나 보이지 않았다. 오늘 작업을 이미 끝난 모양이었다. 그는 휴대폰을 꺼내 들었다.

"저, 선생님, 좀 전에 전화를 드렸던 백상준입니다. 지금 염전에 도착했는데 안 보이셔서……."

상대는 심드렁히 대답하더니 금방 가겠다며 전화를 끊어 버렸다. 염전 사이를 어슬렁대고 있자니 저만치서 해를 이고 걸어오는 이가 보였다. 사십 년 경력의 염부, 김막동이었다.

"만나 뵙게 돼서 영광입니다. 선생님 소문 듣고 왔는데요, 제가 토판염이 꼭 필요한데 좀 구할 방법을 알고 싶어서요."

"그기 인자 내 맘대로 못 하재……. 암시랑 말고 따라와부러. 먼 길 왔응께 차나 한잔하고 가드라고."

그는 순순히 김막동을 따라나섰다. 그 먼 길을 달려왔는데, 소금이 없다니! 순간 다리에 힘이 쫙 풀리는 느낌이었다. 집에 도착한 김막동은 그에게 믹스 커피를 내밀었다.

"서울에서 와부렀어야? 금년에 몇이여?"

"스물아홉요."

"겁나게 실해 부네. 그란디 토판염이 뭣인지 알기나 한당가?"

널리 쓰이는 천일염은 피브이시(PVC) 장판이나 타일을 깐 개펄에서 생산되는 소금이다. 장판을 깔면 바닥 온도가 빨리 올라가 볕이 좋은 날엔 이삼일 만에 소금을 낸다. 전통 방식으로 만들어지는 토판염은 길게는 일주일을 잡아야 뽀얀 소금 입자를 만질 수 있지만, 맛과 영양 면에서 천일염의 그것과는 비교가 안 된다.

"그랴. 그라재……. 함 먹어 보소!"

김막동은 소금 한 줌을 가져와 그의 손에 건넸다. 혀끝으로 살짝 소금을 찍었다. 과연, 그 맛이 달랐다. 덜 짜기도 했지만 살짝 도는 단맛이 개운하고 깔끔했다. 맛을 보니 더욱 탐이 났다. 하지만 김막동은 벌써 다른 곳과 종신계약이 돼 있어 판매할 수 없다고 했다.

"그란디 미국 유학까지 갔다 왔담시 고작 밥장수나 한다고잉?"

그는 멋쩍은 웃음으로 대답했다. 한참 얘기를 나누던 도중 슬그머니 김막동이 일어났다. 그리고 잠시 후 마당으로 나와 보라고 했다.

"옛다, 기여. 한번 써들 보더라고."

그는 김막동 장인에게 삼 년 묵은 토판염 두 포대를 선물받았다. 그때 얻은 소금을 아직도 고이 간직하고 있다. 달군 무쇠 팬 위에 토판염을 친 쇠고기를 올린다. 강렬한 소리와 함께 고기 익는 냄새가 진동한다. 삼십 초가 지나면 재빨리 스테이크를 꺼내 접시로 옮긴다. 가장 먼저 기본 소스인 포트 와인 데미글라스(Demi-Glace)를 끼얹는다. 구운 소뼈와 각종 채소를 넣고 이박 삼일 졸인 후 일정 비율의 포트 와인을 첨가해 하루 정도 더 끓인 것이다. 이제 특별한 날에 걸맞은 장식을 시작한다. 상큼한 복분자, 라즈베리 소스로 접시 안쪽을 둥글게 휘두른다. 끝으로 구운 통마늘과 길쭉하게 저민 다크 초콜릿을 스테이크 위에 올려 포인트를 준다.

마침내 완성된 스테이크가 흰 테이블에 놓인다. 백상준은 이 요리의 부제를 '사랑의 묘약'이라 붙이기로 한다. 연인들은 오늘 밤, 그들만의 달콤한 시간을 보낼 것이다. 그는 이곳을 찾은 남자 손님들의 귀에 대고 나직이 속삭인다. '그러니까 힘내셔야죠!'

나의 성공 레시피는 자신감

코스 요리의 피날레는 디저트가 장식한다. 딸기 크림과 바질이 어우러진 딸기 셔벗*이다. 붉은 딸기와 연둣빛 바질의 대비가 미감을 자극한다. 디저트를 먹는 그들은 누가 봐도 다정한 연인이다. 백상준은 식사를 마치고 일어서는 두 사람을 오픈 주방 너머로 바라본다. 흐뭇한 미소가 입가에 번진다.

레오나르도 다빈치는 "식사는 먹는 일이 아니라 미술이나 음악만큼 중요한 의식"이라고 말했다. 바야흐로 단순히 배를 채우는 수단이 아니라 어떤 음식을 어떻게 먹느냐가 중요한 시대가 왔다. 미식에 대한 욕구가 높아짐에 따라 파인 다이닝과 스타 셰프의 인기도 상승하고 있다. 그러나 한국에서 프렌치 파인 다이닝은 아직도 생소하고 거북스러운 외식 문화이다. 기반을 잡은 이탈리아 요리에 비한다면 더욱 그러하다. 다소 불리한 조건이 아니냐고 묻자 그는

---

* Sherbet, 과즙에 각종 재료를 잘 섞어서 얼려 굳힌 것

고개를 내젓는다.

"미식하면 프랑스가 으뜸이잖아요. 이왕 하는 거라면 최고의 분야에 뛰어들고 싶었어요. 남들이 많이 안 해서 선택한 이유도 있고요. 그렇지만 이제 요리는 특정 국가를 넘어서는 요리사만의 고유 음식이라 생각해요. 저만 할 수 있는 요리로 사람들과 교감하고 싶어요. 거기에 맛과 이야기를 담는 겁니다. 레스토랑을 찾는 손님에게 최고의 요리와 서비스, 분위기를 제공하는 만능 엔터테이너가 되는 게 지금 목표인데…… 뭐, 조만간 되지 않을까요?"

명문 요리학교에서 유학한 것도 맞고, 최연소 오너 셰프로서 이름을 알린 것도 맞다. 쑥스럽지만 남들이 잘 생겼다고 하니 그렇다고 치자. 그런데 진짜 중요한 것이 빠졌다. 그가 얼마나 요리를 사랑하고 잘하느냐다. 그는 누구보다 요리에 자신 있기에 거칠 것이 없고, 마뜩찮은 오해와 편견들을 쿨하게 넘길 수 있다. 그를 지금의 자리로 이끈 원동력은 바로 그 자신감이다.

백상준은 젊은 나이에 자신의 재능을 발견했고, 단기간에 유명 요리사로 인정받았다. 자신이 제일 좋아하는 일로 승승장구하고 있는 그는 억세게 운이 좋은 사람일 것이다. 겸연쩍게 웃는 그를 보며 문득 궁금해진다.

"운이 좋은 거 알고 있죠?"

"그럼요, 알죠. 과대평가된 부분도 있을 거예요. 그렇지만 아직 평가받지 못한 능력은 그 이상일 걸요. 앞으로 보여 줄 게 진짜 많아요, 전."

　어쩌면 최연소 오너 셰프의 타이틀을 다른 이에게 넘겨줘야 할 때가 올지도 모른다. 그 대신 그의 이름 앞에 어떤 수식어가 붙을지는 지켜보면 알 일이다. 최고의 프렌치 파인 다이닝 요리사를 꿈꾸는 그는, 백상준이다.

Chef's Story

4

영원한 현역을 꿈꾸다

김 태 원

봉피양 냉면 장인

"

평양냉면의 생명은 육수예요.
육수 다음이 면, 그리고 김치.
이 세 가지가 맞아떨어져야 평양냉면의 진미를 맛볼 수 있어요.

"

김태원

1938년 충북 옥산 출생 | 1953년 전쟁으로 형제들을 잃은 뒤 징용을 피해 상경, '우래옥'에서 냉면 인생을 시작
| 1979년 '대원각' 갈비 냉면 전담 주방장 | 1997년 '담소원' 주방장 | 2002년~2013년 현재 '봉피양' 주방장

취재 및 집필 **신의연**

"휴전이 되기도 전의 일이에요."

이야기는 그렇게 시작되었다. 전쟁은 충청북도 옥산면 급사(給仕) 소년의 삶을 송두리째 바꿔 놓았다. 징용에 끌려간 세 형은 돌아오지 않았다. 형들은 낙동강과 지리산에서 이승의 문턱을 넘어 저승으로 갔다. 마을에 남아 있는 청년은 없었다. 세상이 시끄러울수록 마을 사람들은 숨죽였고, 울음소리만이 간간히 문지방을 넘어 잡초가 무성한 논밭으로 흘러갔다. 어느 날 밤, 부면장이 소년을 찾아왔다. 내복 바람으로 달려온 부면장은 소년의 손부터 부여잡았다.

"너라도 살아야 않것냐. 여 있다간 꼼짝없이 징용이여."

소년의 나이 열여섯. 밤사이 통지된 영장이 그를 기다리고 있었다. 도피하라는 부면장의 다급한 목소리에 소년은 눈을 질끈 감았다.

무슨 정신이었을까. 어둠을 헤치고 조치원역까지 걸어갔다. 서울로 올라가야 한다는 생각이 소년을 사로잡았다. 자유당 시절, 한강을 건너려면 도강증이 있어야 했다. 소년은 전봇대를 실어 나르는 짐차에 몸을 숨겼다. 용산역에서 미군 헌병의 검문에 걸렸으나 사흘 뒤 레이션* 박스 하나를 챙겨 다시 탈출, 수중에는 돈 한 푼 없었다. 그는 무작정 걷고 또 걸었다.

"을지로를 지나는데 갑자기 막 소나기가 쏟아지는 게 아니것어요? 어느 처마 밑으로 뛰어 들어가 비를 피하는데 창문이 열리더니 어떤 아주머니가 요렇게 쳐다보더이다."

그 집 주인은 당시 경찰 치안국 감찰부장이었다. 아주머니는 징집을 피해 도망 중이라는 소년의 사정을 딱하게 여겼다. 그러나 소년에게는 신분을 증명할 도민증 하나 없었다. 그날 밤 찬밥을 입에 우걱우걱 밀어 넣던 소년의 주머니에서 종이 한 장이 나왔다. 부면장의 직인이 찍힌 옥산면 사환증. 그 사환증 하나로 소개받은 곳이 당시 냉면으로 유명했던 '우래옥'이었다. 김태원 장인의 냉면 인생은 그렇게 시작되었다.

그리운 고향의 맛, 평양냉면

'우래옥'에는 동료 세 명이 있었다. 거제도에서 풀려난 반공 포로들이었다. 당시 이승만 대통령은 석방된 반공 포로에게 사회에 적

---

* Rations, 군인 등에게 나눠 주는 배급 식량

응할 기회를 준다는 명목으로 그들을 식당에 배정했다. 소년은 반공 포로들과 동고동락하며 스승의 불호령을 처음으로 듣게 된다. 스승 주병인 주방장의 가르침은 혹독했다. 소년은 스승의 발치에서 쪽잠을 자다 그가 발길질로 깨우면 새벽 네 시 반에 일어나 장작불을 달궜다. 육수를 끓이고, 숯불을 피우고, 손으로 만든 연통에 고깔을 씌워 연기가 빠져나가게 했다. 평양 출신인 주병인 주방장은 장신에 어마어마한 덩치의 사나이였다. 그 호통 또한 주방을 울리고 남을 만했다.

"육수 맛이 와이라니? 상구 기렇카구 있을래? 이 개백정할 노무 시끼가!"

조금이라도 육수 맛이 달라지면 욕부터 날아들었다. 들통을 엎는 일도 비일비재했다. 육수를 끓일 때는 수시로 불순물을 걷어 내야 누린내가 나지 않기 때문에 한시도 불에서 눈을 뗄 수가 없었다. 매질도 무수히 당했다. 주방장의 매질에 소년의 이마에서는 혹이 사라질 날이 없었다. 국수틀을 밟는 속도가 조금만 느려져도 국수를 말릴 때 사용하는 대나무대가 이마로 떨어졌다. 그때 살갗이 찢어져 세 바늘이나 꿰맸던 자국이 아직도 이마에 남아 있다. 오십 년대 주방에는 변변한 세제가 없어 냉면 그릇도 빨랫비누로 닦아야 했다. 수세미도 없어 말린 풀뿌리로 그릇을 박박 문질렀으나 기름때는 쉬 사라지지 않았다.

'우래옥'은 '서래관'의 동업자였던 장원일 씨가 평양냉면 기술자인 주병인 주방장을 만나 개업한 가게다. 본래 평양에서 '명월관'이라는 음식점을 운영했던 장원일 씨는 휴전선을 세 번이나 넘나들며 돈을 마련해 1946년 '우래옥'의 문을 열었다. 가게 이름에는 '또 우(又)' 자에 '올 래(來)' 자를 써 한번 먹어 보면 또 오게 된다는 뜻을 담았다. 소년은 주인 내외를 할아버지, 할머니라 불렀다.

소년은 진흙탕 같은 동대문 바닥을 장화를 신고 돌아다니며 주인 할아버지와 함께 재료를 고르곤 했다. 주인 내외는 사대문 안에 소문이 파다할 정도로 성정이 괴팍하고 깐깐했다. 신문지에 둘둘 말린 품질 좋은 무를 어렵사리 골라 김치를 담가 놓으면, 주인 할머니의 시식이 기다리고 있었다. 주인 할머니는 김치 맛이 조금이라도 마음에 들지 않으면 곧장 쏟아 버렸다. 영감이 알면 혼난다고 쉬쉬하면서도 맛없는 김치를 손님상에 올리지는 않았다. 소년은 쓰레기통에 처박힌 김치를 무연히 바라보았다. 허탈하고 억울했다. 얼마나 속이 상하는지 말로 다 못할 정도였다. 흙과 비료가 잔뜩 묻은 무 껍질을 시린 손으로 몇 번이고 닦아 내 만든 김치. 소년에게는 평생 한으로 남을 순간이었다.

주방장의 솜씨와 주인 내외의 정성에 '우래옥' 평양냉면의 인기는 날로 높아져만 갔다. 넘쳐 나는 손님에 하루 종일 육수를 끓여야 했다. 당시 하루 삼백팔십 초롱*을 끓이기도 했다. 한 초롱을 끓이면

* 석유나 물 따위의 액체를 담는 데 쓰는 양철로 만든 통

평양냉면 서른 그릇이 나왔다. '우래옥' 냉면이 잘 팔리니 경쟁 식당이던 '서래관' 사람들이 시비를 걸어 패싸움까지 일어날 정도였다.

주방은 눈코 뜰 새 없이 바빴다. 지금이야 모든 걸 기계로 해결하지만, 당시에는 아무나 흉내 낼 수 없는 주방 기술자들이 있었다. 반죽을 담당하는 이는 '반죽꾼', 면을 익히는 이는 '발대꾼', 면을 찬물에 헹구는 이는 '앞잡이', 냉면 배달부는 '중머리'……. 쉬워 보여도 다 요령이 있어야만 나가떨어지지 않고 할 수 있는 일들이었다. 반죽꾼은 손바닥을 펴서 메밀가루를 살살 돌려 뭉친 뒤 접었다 폈다를 반복했다. 메밀 향을 보존하기 위해서는 반죽꾼만의 비법이 있어야 했다. 체력도 중요했다. 아무리 힘센 장사라 해도 엄청난 양의 메밀가루 앞에서는 반죽꾼을 이기지 못했다. 발대꾼에게는 계절에 따라 달라지는 공기 중의 수분을 계산하는 노하우가 있었고, 앞잡이는 재빨리 면을 말아 접시에 담는 기술이 있었다. 손의 열기에 맛이 변할 수 있기 때문이다. 중머리들은 냉면 서른 그릇을 한 손에 들고 자전거로 용산까지 배달을 가기도 했다.

냉면의 종류도 다양했다. 스님들이 먹는 국수라고 해서 고기를 넣지 않은 '전소', 고기를 뺀 데다 양을 많이 넣은 건 '민자', 고기는 없되 육수 대신 동치미 국물에 말아 먹는 '전동치미', 막가루로 만든 '돼지국수', 미지근한 국수는 '거냉', 뜨거운 국수는 '온면', 사리 위에 작은 사리 하나를 더 얹는 '어퍼마리' 등이 있었다.

"여기 전동치미 하나 주시라요."

"나는 괴기가 싫으니까네 전소로 하갓시오!"

1962년, 화폐개혁이 실시된 직후 '우래옥'의 냉면 가격은 삼십오 원이었다. 당시 불고기가 육십 원, 소주 한 병이 십 원, 전차 탑승 비용이 이 원 오십 전이었으니, 냉면은 제법 비싼 음식에 속했던 셈이다. 그러나 실향민들은 고향의 맛을 느끼기 위해 돈을 아끼지 않았다. 특히 동대문과 을지로 일대는 이북 출신들의 경제적 터전이었기에 외식하면 당연히 '우래옥' 냉면이었고, 창경궁과 동물원을 다녀온 행락객들도 많이 찾았다.

스승은 한 번도 육수 만드는 방법을 직접 일러준 적이 없었다. 어깨너머로 스승의 손동작을 따라하고, 설거지에 서빙까지 모든 잡일을 도맡아 하던 소년은 어떤 요리사의 비법보다 더 중요한 것을 깨달았다. 머리로 하는 음식은 왜 맛이 없는지, 어떻게 음식이 어머니가 되고 고향이 되는지를……. 그리고 눈물을 훔치며 먹는 냉면 한 그릇의 진미를…….

먼 길을 마다치 않고 찾아온 손님들에게 '우래옥'은 하나의 작은 고향이었다. 처음 만난 이도 이곳에서는 보고 싶은 친구였고, 잃어버린 가족이었다. 오로지 살아남기 위해 혈혈단신 생면부지의 땅으로 흘러들어 온 것은 소년도 마찬가지였다. 기댈 곳 하나 없던 시절, 숱하게 도망치고 싶었던 그 많은 밤들. 소년은 남몰래 부엌 귀퉁이에 쪼그려 앉아 눈물 섞인 냉면을 두세 그릇씩 비우곤 했다.

호랑이 주방장의 특별한 사랑

'우래옥'은 을지로 외식 업계의 최강자로 우뚝 서게 되었다. 온종일 육수를 끓여 대는 통에 의도치 않게 고역을 당했던 이들은 인근 주민이었다. 가난한 시절, 고기 냄새에 아이들이 밥을 먹지 않고 빽빽 울어 댔다. 그럽기만 한 고기 냄새를 당할 재간이 없어 사람들은 이사를 갔다. 주인 할아버지는 그 집들을 사들였다. 지금의 '우래옥' 주차장은 그때 그 시절에 모두 집터였다. 장사가 잘되어 한 해에 집을 두 채씩 살 때도 있었다.

"내래 요번 껀 태원이를 주갓어. 어디메를 갖구 싶네?"

집을 살 때마다 주인 할아버지는 진심인 듯 공갈을 쳤다. 순진했던 소년은 번번이 기대했고 실망했다. 주인 할아버지는 집 열 채를 사면서도 한 채를 준 적이 없었다. 그러던 어느 날, 소년이 지금의 '우래옥' 안에 있는 '문화옥' 자리의 집을 달라고 한 적이 있었다.

"뭐를 할라구 기러네?"

정말 주려는 모양인지 주인 할아버지가 다정히 물었다. 가게라도 한다고 했으면 줬을지도 모른다. 그런데 배운 게 냉면밖에 없는 소년은 냉면 장사를 하겠다고 말했다. 순전히 눈대중으로 배운 요리였지만 그 솜씨만큼은 어디를 가도 뒤지지 않았다. 하지만 주인 할아버지는 "에이, 니가 냉면 장사하면 일 난다"며 손을 내저었다.

주인 할아버지는 소년을 예뻐했다. 밤에는 육수를 끓이랴, 낮에는 청소와 설거지에 서빙까지 도맡아 늘 잠이 모자랐던 그 시절을 버틸 수 있었던 것도 주인 할아버지의 사랑 때문이었다. 주인 할아버지는 아들과도 하지 않는 겸상을 그에게만 허락했다. 다른 이들은 모두 물리치고 꼭 그를 불러 앉혀 같이 밥을 먹었다. 한번은 소년이 주인 할아버지에게 물었다. 왜 자기에게만 겸상을 허락하느냐고. 주인 할아버지는 이렇게 답했다.

"니래 내랑 똑같이 여개 이 진 땅에서……."

다음 말은 듣지 않아도 알았다. 길바닥에 시멘트가 발리지 않았던 시절, 장화를 신고 '우래옥' 앞 질척한 땅을 함께 밟았던 이도 이 소년이요, 동대문 바닥을 쏘다니며 재료를 짊어지고 다녔던 이도 이 소년이다. 밤낮없이 일만 하는 생활에 장화를 신고 한탄강으로 도망쳤던 날도 있었다.

한번은 피난민들이 모여 살던 폐품 수집소 근처에 숨어 있던 소년을 주인 할아버지가 찾으러 왔다. 한탄강에는 모래무지가 많이 살았다. 그 모래무지를 잡아 주인 할아버지와 마시던 소주, 그 소주 한 잔에 담긴 따뜻함이 소년을 제일가는 주방장으로 키운 것인지도 모른다.

동료들은 자유당 정권이 무너지던 어느 여름 밤, 순애라는 아가씨를 사이에 두고 싸우다 결국 칼부림을 벌인 뒤 사라졌다. 동대문 지게꾼이며, 주차장 관리인 등이 다시 그의 동료이자 제자가 되었다. 그러는 동안 시기심 많은 누군가 병역 기피자인 그를 경찰에 발고하는 일이 발생했다. 그 뒤로 몇 해 동안 월급날만 되면 경찰이 찾아와 그의 월급을 갈취했다. 더 이상 숨어 살 수만은 없었다. 당당히 세상 밖으로 나올 때가 되었다. 마침 자수를 하면 정상참작을 해 주겠다는 대대적인 선전이 있었다. 1961년, 육군 소장이던 박정희 전 대통령이 정권을 뒤엎던 해였다. 그는 입대했다. 그리고 군에서 스승의 부고를 받았다. 호랑이 주방장 주병인 씨는 육십 년대 중반, 주방에서 평양냉면에 고명을 얹다 고혈압으로 쓰러져 숨졌다.

냉면 명가의 탄생을 함께하다

"왜 우래옥을 나오셨어요?"
김 장인이 한참 뜸을 들이다 "군대에 가느라 그랬다"고 답한다. 그러나 이내 고개를 갸웃한다. 아니다. 그게 아니었다. 수백 번을 되돌아본 기억이건만 어느 날은 선명하고, 어느 날은 수시로 헷갈린다. 여전히 흰색 조리복에 장화를 신고 있는 그의 얼굴 위로 정직한 세월이 흘렀다. 1938년 10월 21일생. 올해로 일흔다섯 살인 김 장인은 평생 가장 힘들었던 그 시절이 무시로 떠올랐다. 아직도 주인 할머니가 버린 김치에 속이 상하고, 스승에게 서운해 입을 비죽이다가도 이내 가슴이 먹먹해지는 김 장인은 천성이 순하고 다정한 사람이다.

"사람들의 꾐에 넘어갔지요 뭐……."

김 장인이 부끄러운지 씨익 웃으며 제 무릎을 쓸어내린다.

'우래옥' 총책임자가 된 김 장인은 어깨가 무거웠다. 기술적인 어려움을 해결하려면 지혜가 필요했다. 냉장고가 귀하던 육십 년대, 평양냉면을 시원하게 만드는 일은 지극한 정성이 없으면 불가능했다. 김 장인은 여름이 되면 서빙고에서 얼음을 떼다 파는 업자에게 얼음을 구했다. 냉면에 올릴 편육도 이 얼음으로 차갑게 보관했다. 그리고 담배를 말아 피우는 종이에 쇠고기 편육을 말았다. 당시 주방에서는 냉장고 대용으로 하꼬짝*을 사용했다. 얼음덩이를 하꼬짝 밑에 깔고 그 위에 종이에 만 고기를 올렸다. 이런 방법은 냉장고를 처음 사용한 칠십 년대 후반까지 사용되었다.

정성이 통했는지 김 장인의 명성은 사대문 안에 서서히 퍼져 나갔다. 당시 서울에서 제대로 된 평양냉면을 만드는 곳은 '고려정' '한일관' '조선옥' '우래옥' '서래관' 등을 손꼽았다. 특히 1978년, 김 장인이 '우래옥' 종로 분점으로 옮겨 가자 하루에 스무 그릇 팔리던 냉면이 사백 그릇 넘게 팔리면서 본점보다 손님이 많이 몰리는 일이 벌어지기도 했다.

다른 이였다면 본격적으로 장사를 시작해 테이블과 직원을 늘리는 식의 성공 가도를 밟았을 것이다. 그러나 그에게 여기저기서 도

---

* 일본어, 우리말로는 궤짝

움이 필요하다는 요청이 쇄도하기 시작했다. 김 장인을 데려가려는 사장이 한둘이 아니었다. 마음이 약한 그에게는 참으로 난감한 일이 아닐 수 없었다. 그의 마음을 움직인 비결은 단 하나였다.

"김 주방장, 나 한 번만 도와줘. 응?"

이 한마디에 김 장인은 숱한 사람들을 도우러 서울 시내 음식점들을 돌아다녔다. 종로4가 '온달면옥'의 일을 봐 준 것도 아침저녁으로 도와 달라는 전화가 왔기 때문이었다. 박정희 전 대통령이 서거한 해에는 동부이촌동에서 '우래옥' 단골손님인 김 사장의 일을 돕기도 했다.

"그 양반이 사업을 할 테니 도와 달라 해서 한 달포 있었죠. 근데 박 대통령이 작고하시자 문을 닫아 버린 거예요. 김 사장 밑에서 일하던 애들이 빠따 방맹이를 맨들어 와서는 때려죽인다고 하더라고."

결국 돈 한 푼 못 받았다. 또 동대문 세무서에서 과세 과장을 하던 이가 월급이건 보너스건 달라는 대로 줄 테니 도와 달라고 해서 지금 롯데백화점 자리에 있던 '맘보스 대왕 코너' 사 층 사우나에서도 냉면을 말았다. 그러다가 '우래옥'에서 일을 가르쳐 줬던 아이 하나가 "형님, 어떤 사람이 와서 자꾸만 도와 달라는 데 좀 가 보실 수 있으세요?" 하고 부탁해서 간 곳이 그 유명한 성북동 '대원각'이었다.

만 사천팔백 평 규모의 '대원각'은 당시 최고급 요정이었다. 이경자 사장은 파격적인 월급인 오십만 원을 제시했다. 갈비 냉면 전담 주방장직이었다. 김 장인을 스카우트한 뒤 '대원각'은 평양냉면으로 명성을 떨쳤다. 남자 직원과 여자 직원이 각각 육십여 명, 지배인이 세 명이나 되는 대규모 요정이다 보니 주방장이 신경 쓸 일이 이만 저만하지 않았다. 냉면과 갈비를 준비하는 주방 일이야 거뜬했지만, 그 많은 직원들을 관리하려니 너무 힘이 부쳤다. 성정이 세심한 김 장인이었으니 두말할 나위가 없었다. 크게 마음먹고 사표를 내고, 직원들이 집까지 데리러 오고, 하는 수 없이 다시 돌아가기를 여러 번. 마음 약한 성품은 어쩔 수 없었다. 게다가 이경자 사장이 달러 밀반출 사건으로 구속되자 김 장인이 '대원각'을 떠날 수 없는 상황이 되었다.

"요정 아가씨들이 월급 밀린 걸 안 준다고 대원각 앞으로 죄 보따리를 싸들고 나온 적도 있어요. 이경자 사장이 잠옷 바람으로 뛰쳐나와 밀린 월급을 주며 겨우 말렸죠."

'대원각'은 금세 다시 일어섰다. 이경자 사장은 1988년, 전국 소득 순위 칠십육 위에 오르는 기염을 토하기도 했다. 김 장인이 냉면을 만드는 동안 정권은 또 한 번 바뀌었다. 그리고 이경자 사장은 다시금 구속되기에 이른다. 이번에는 '식품위생법 위반, 윤락행위 등 방지법 위반 등'의 혐의였다. 직원들은 모두 뿔뿔이 흩어졌고 '대원각'은 지금의 길상사(사찰)로 바뀌었다.

'우래옥'에서는 김 장인에게 미국에 가라고 난리였다. 워싱턴과 뉴욕, 로스앤젤레스에 분점을 낸 상태였다. 김 장인은 로스앤젤레스 주방장으로 가 달라는 부탁을 거절했다. 주방에서 일하던 친구,

충북 영동이 고향이라 더욱 각별했던 친구 한 명이 미국에서 십팔 년간 일하다 돌아와서 육 개월 만에 숨을 거두었기 때문이다.

"일만 죽도록 하니 가지 말라고 하더라고요. 그때 전 국회의원 민관식 씨의 부인 김영호 여사가 '담소원'이라는 음식점을 연다고 해서, 그곳에서 오 년 정도 일했어요. 그러다가 이천 년대 초반에 '봉피양'으로 옮겼지요."

평양 사투리로 '평양 본가'를 뜻하는 '봉피양'은 벽제갈비의 세컨드 브랜드다. 벽제갈비 김영환 회장은 김 장인을 스카우트하면서 "평양냉면을 살려 보자"고 말했다. 김 장인은 '봉피양'에서 인생의 세 번째 막을 열었다.

옛 방식을 지켜 온 장인의 손맛

여든에 가까운 연세에도 현역에서 일하고 있는 김태원 장인의 하루 일과는 새벽 다섯 시 사십사 분, 방이역으로 가는 지하철을 타면서 시작한다. 가게에 도착하면 여섯 시 십오 분. 옷을 갈아입고 주방으로 곧장 걸음을 옮겨 밤사이 끓여 둔 육수부터 확인한다. 제자들이 행여 실수하진 않았는지, 진미를 잘 우려냈는지 꼼꼼히 들여다본다. 냉면에 올릴 고기를 썰고, 전날 하루 동안 판 냉면 그릇을 계산한다. 수십 년 동안 단 하루도 쉬지 않았다. 반죽을 만들고, 면을 뽑고, 육수를 끓이는 일은 이제 눈 감고도 할 정도다. 김 장인이 온 뒤 '봉피양' 냉면은 날개 돋친 듯 팔렸다. 당연할 법한 결과인데도 김 장인에게는 그렇지 않은 모양이다. 전날 팔린 그릇 수가 적힌 종이쪽지를 앞주머니에서 꺼내 보여 주며 연신 싱글벙글한다.

"얼마나 팔렸는지 매일매일 확인해요. 작년에 가장 많이 팔았을 때는 천백세 그릇까지 팔았어요. 김치 담은 날짜도 다 적어 놓는데, 요새는 채소 값이 많이 비싸서 얼갈이 한 단이 삼천이백 원까지 해요."

우직하고 소박한 김 장인의 성정은 평양냉면과 닮았다. 삼삼한 국물을 맛본 뒤에 두툼한 수육을 얹어 면을 말아 올리면, 입술을 오므리기 무섭게 후두둑 끊어지는 면발의 풍미……. 입 안 가득 육수와 어우러진 메밀 향이 퍼진다. 일반 냉면집에서 고래 심줄처럼 질기기만 한 냉면만 먹어 본 이들은 이 맛을 쉽게 헤아릴 수 없다. 본디 냉면은 가위로 잘라 내 먹는 것이 아니며 양념도 그리 강하지 않다. 그래서 소위 '평양냉면은 세 번 이상 먹어 봐야 그 진가를 알 수 있다'고 하지 않는가.

"평양냉면의 생명은 육수예요. 육수 다음이 면, 그리고 김치. 이 세 가지가 맞아떨어져야 평양냉면의 진미를 맛볼 수 있어요."

밍밍하다고 표현될 정도로 맛이 심심한 육수는 이북 김치의 특징과 관련이 있다. 겨울이 유난히 길고 추운 이북의 김치는 간이 약하고 최소한의 부재료만 사용하며 국물을 넉넉히 붓는데, 이 김치가 맛이 밸 무렵 면을 뽑아 국물에 말아 먹었던 것이다. 쇠고기, 돼지

고기, 명태, 꿩고기 등 집집마다 국물에 사용하는 재료가 모두 달랐으므로 평양냉면의 육수를 한 가지로 정의하기는 힘들다.

'봉피양'에서는 닭고기를 넣지 않고 양지와 사태, 사골을 넣어 육수를 끓인다. 육수를 오래 끓이면 물이 증발하는데, 김 장인은 중간에 육수를 퍼내고 물을 다시 넣어 우린다. 그러고 나서 처음 우린 육수와 두 번째 우린 육수를 적절히 섞는다. 보기보다 어려운 작업이다. 평범한 냉면집은 육수를 끓이다 졸아들면 거기에 물을 넣고 다시 간장을 넣어 간을 맞춘다. 그러나 김 장인은 물을 한 방울도 쓰지 않는다. 간은 오로지 '천일염'으로만 한다. 평양냉면이 단순한 듯 보이지만 막상 만들기 까다로우며 손이 많이 가는 음식이라고 말하는 이유는 여기에 있다.

김 장인은 육수에 동치미 국물을 섞는다. 잘 모르는 이들은 '우래옥'에서는 백 퍼센트 육수를 내는 데 반해 '봉피양'에서는 동치미를 섞는다며, 이를 일컬어 '육수의 현대화'라고 한다. 하지만 김 장인의 주장에 따르면 이것이야말로 옛날 방식이다.

"예전에는 식탁 위 주전자에 동치미 국물이 있었어요. 취향대로 섞어 먹으라고. 근데 손님들이 돈 내고 먹는 거 기왕이면 고깃국에 먹고 싶다고 해서 점차 동치미 국물이 사라졌던 거예요."

1809년, 빙허각(憑虛閣) 이 씨(조선 후기 여성 실학자)가 편찬한 부녀자 생활 지침서 『규합총서』에는 동치미 국물을 이용해 냉면을 만드는 법이 나온다. "동치밋국에 가는 국수를 넣은 뒤, 무·오이·배·유자를 같이 저며 얹고, 돼지고기와 계란 부친 것을 채 쳐서 흩는다. 그 위에 후추와 잣을 뿌리면 이른바 냉면이다." 적어도 십구 세기 초반에는 냉면을 만들 때 동치미 국물을 사용했던 것이다.

그 다음은 메밀로 반죽해 만드는 면. 평안도나 강원도에서 메밀국수가 발달한 이유에는 환경적 특성이 반영되어 있다. 논농사가 힘든 땅에서도 "메밀은 한 뼘만 자라도 열매를 맺는다"는 말이 있을 정도로 잘 자랐다. 평안도에서는 겨울이면 집집마다 아궁이 솥 위에 면을 뽑는 분틀을 걸어 놓고 항상 국수를 만들 준비가 되어 있을 정도였다. 이렇게 만든 메밀국수는 점성이 강하지 않아 쉽게 끊어진다. 여기에 간장, 식초, 설탕 등으로 절인 얼갈이김치를 얹어 먹으면 그 맛이 일품이다.

"레시피는 중요하지 않아요. 적혀 있는 대로 한다고 다 같은 음식이 나오진 않거든요. 저는 항상 눈대중으로, 손으로 음식을 해요. 그래도 음식이 맞아 들어가니까."

1970년대 평양냉면 집들이 우후죽순 늘어나기 시작한 이래로 지금껏 그는 서울 소재 대다수의 냉면집을 지도해 왔다. '을지면옥' '평양면옥' 등 이름만 들어도 유명한 냉면집은 물론, 이대 후문에 자리한 한식당 '마리', 동대문운동장 인근 '느티나무 집' 등 김 장인의 입에서 줄줄이 식당 이름들이 꿰어 나온다. 이제는 김 장인의 평양냉면을 세계 각지에서 배워 가고 있다. 일본 오사카와 도쿄, 중국 북경에도 냉면 비법을 전수해 줬다. 2011년에는 일본에서 요식업을

하는 사장 백사십팔 명이 직접 그를 찾아오기도 했다. 아지노모토*
에 길든 일본 사람들에게 동치미 맛을 선보이니 환장을 하더라며,
김 장인이 제 무릎을 탁 친다.

"어디 육수뿐인가요? 요즘 사람들은 면발도 제대로 익힐 줄을 몰
라요. 부드럽게 삶지 못하고 뻣뻣하게 삶아 놓으니 손님이 구수한
맛을 못 느낄 수밖에요. 이건 마치 설익은 밥을 먹는 것과 같지요."

김 장인은 되도록 옛 방식을 고수한다. 후학 양성에 있어서도 이
점을 우선시한다. '봉피양'의 '김치말이국수'도 이북 사람들이 먹던
음식을 복원한 것이다. 한우 양지에 우설, 각종 채소에 육수를 부어
끓여 먹는 평양 전통 보양식인 '어복쟁반'도 마찬가지다. 순전히 김
장인이 어린 시절 '우래옥'에서 먹어 본 기억을 되살려 만든 음식들
이다. 여기에는 김 장인만의 요리 철학이 숨어 있다.

'음식은 우리 어머니, 우리 고향, 우리 민족의 얼이다.'

모든 것은 스승의 가르침이었다. 스승은 그를 천생 요리사로 만
들어 주었다. 기억에만 의존해서 음식을 뚝딱 만들 수 있기 때문만
이 아니다. 레시피 없이 눈대중으로 만들어도 맛이 기가 막히기 때
문도 아니다. 음식을 대하는 태도와 자부심이 바로 그러하다. '우래
옥'에서 무수히 들었던 스승의 가르침이 아직도 김 장인의 귓전에
선하다.

---

* 일본 조미료 제조업체이자 최초의 인공 조미료 이름

"니래 랭면이 얼마나 귀한 음식인줄 아네? 일본 놈들이 피양에서 랭면을 없앨려구 얼마나 노력했는지 몰른다우. 아 근데 랭면이래 흠잡을 데가 있어야지."

하루도 쉼 없는 외길 인생

이렇게 오랫동안 분단이 지속될 줄 누가 알았겠는가. 평양냉면의 '꾼'들이 사라지고 있는 마당에 조미료 맛에 길든 사람들은 진짜배기 냉면을 외면하고 공장식 냉면만을 먹으니, 아쉽기만 하다. "어이, 여기 전소 하나!" "여기는 전동치미로!"라고 외치던 그 목소리들은 다 어디로 갔을까?

그래도 평양냉면의 진미를 아는 이들은 '봉피양'으로 모여든다. 단골손님이 월등히 많고, 대부분 연세 지긋한 노인들이다. 부러 그를 보기 위해 식당을 들르는 사람들도 있다. 그럴 때면 김 장인은 기꺼이 홀로 나가 기쁜 마음으로 인사를 건넨다. 맛을 알아주는 손님들이야말로 육십여 년 냉면 인생의 보람이다. 어제는 사백오십 그릇, 그제는 사백스물여덟 그릇, 팔아 치운 그릇 수를 세는 김 장인에게 왜 직접 장사를 시작해 보지 않았냐고 물었다.

"마누라가 하지 말래요. 돈도 없고……."

김 장인다운 소박한 대답이다. 그리고 한마디 덧붙인다.

"그래도 내가 도와준 사람 중에 망한 사람은 거의 없어요. 누구든 돈 벌고 싶은 사람 있으면 나를 찾아오라고 해요. 까짓것 지금이라도 끄떡없지요."

요리사의 장점은 돈도 명예도 아니요, 정년 없이 오래 일할 수 있는 것이라는 김태원 장인. 동료들이 하나둘 죽고, 힘든 주방 일에 제자들이 떠나가는 동안에도 김 장인은 하루도 쉼 없이 일했다. 면을 삶다 뜨거운 물이 튀어 오른쪽 눈이 실명 위기에 놓인 와중에도 주방 일을 내려놓지 않았다. 김 장인은 자신이 먹는다는 마음으로 냉면을 만들면서도 자기 자신을 위해 일한 적은 없었다. 손님과의 의리를 지키기 위해, 남을 돕기 위해, 그리고 후학을 양성하기 위해 평양냉면을 만들고 있다. 지난 세월, 무엇이 제일 그립냐는 질문에 김 장인이 특유의 소탈한 웃음을 흘린다.

"그리울 게 뭐 있어요. 관광이나 한 번씩 할 걸. 백암온천물이 제일 좋아요. 유황 냄새도 많이 나고 깨끗해서 좋아."

새벽 다섯 시 사십사 분. 김 장인은 오늘도 방이역으로 향하는 지하철에 몸을 싣는다.

Chef's Story

5

나만의 브랜드로 승부하라

아 키 라 백

미국 라스베이거스 옐로테일 총주방장

> 단순히 돈을 버는 직업인으로서 만족할 수 없었다.
> 평탄한 길을 버리고 또 한 번 모험을 감행했다.

아키라 백

본명 백승욱 | 1974년 서울 출생 | 1988년 미국 이민, 콜로라도 주에서 성장 | 1996년~2002년 콜로라도 주 소재 '켄이치' 부주방장 | 2003년~2004년 AIC 요리전문학교 졸업 | 2004년~2008년 '노부 마쓰히사.아스펜' 총주방장 | 2008년 한국인 최초로 미국 요리 프로그램 〈아이언 셰프 아메리카〉 출연 | 2010년 『라스베이거스 요리사 아키라 백』 출간 | 2008년~2013년 현재 라스베이거스 벨라지오호텔 '옐로테일' 재패니즈 레스토랑 앤 라운지 총주방장

취재 및 집필 **임재희**(소설가, 장편 『당신의 파라다이스』 등)

'승욱 아키라 백(Akira Back)'. 그는 자신의 이름을 로고로 새긴 조리복과 운동화를 뿌듯한 마음으로 내려다봤다. 그의 이름을 내건 '아키라 사케'가 출시를 앞두고 있다는 소식도 들었다. 세계적인 골프 선수 타이거 우즈나 테니스 선수 로저 페더러처럼, 그도 요리사로서 하나의 브랜드가 될 수 있다는 것을 실감하는 순간이었다.

미국 라스베이거스의 최고급 호텔 가운데 하나인 벨라지오(Bellagio)의 일식 레스토랑 '옐로테일'의 총주방장인 아키라 백. 그는 2009년, 레스토랑 소유주인 라이트 그룹과 재계약을 할 때 연봉을 올리는 협상 대신 레스토랑 이름에 자기 이름을 함께 넣어 줄 것을 요구했다. 그리고 우여곡절 끝에 그의 요구가 관철되었다. '옐로테일' 간판과 모든 공식 문서에 'Chef Akira Back'이 들어간다는 계약서에 서명하던 순간, 그는 어쩔 수 없이 요리사가 되기 위해 뛰어온 긴 세월을 떠올렸다. '승욱' '생독' 그리고 '아키라 백'으로 살아온 시간이었다.

넓은 세상, 외로운 야구 소년

새 학년이 시작되기 며칠 전이었다. 매서웠던 겨울 날씨가 한풀 꺾이고 어느덧 완연한 봄이었다. 야구 연습을 하고 온 승욱을 불러 세운 아버지는 가족이 곧 미국으로 이민을 갈 것이라고 말했다. 골든게이트교(Golden Gate Bridge)가 있는 샌프란시스코라고 했다. 샌프란시스코는 승욱에게 낯설지 않은, 아니 꿈에 그리던 환상의 도시였다. 미국 프로야구 메이저리그에서 내셔널리그 서부 지구의 강자 '샌프란시스코 자이언츠' 팀의 연고지이니 말이다. 텔레비전으로만 봤던 유명 야구 선수들의 경기를 두 눈으로 직접 볼 수 있다는 흥분에, 야구부에서 체벌을 받아 아픈 엉덩이마저 잠시 잊었다.

승욱은 서울 반포동 반원초등학교 사 학년 때부터 야구를 시작했다. 여러 대회에서 두각을 나타냈고 인근에 위치한 다른 초등학교 야구부로 스카우트되었다. 그러나 실력을 인정받은 기쁨도 잠시, 새로 스카우트된 야구부의 감독님은 국가대표 출신답게 선수들에게 엄격하고 냉철했다. 재미로 시작한 야구였는데 스파르타식 훈련에 지쳐 가고, 경기에 지고 온 날은 감독님의 체벌로 엉덩이가 성할 날이 없었다. 집에 돌아오면 고된 몸을 견디지 못하고 쓰러져 잠들기 바빴다.

극기훈련과 전지훈련이 기다리고 있는 방학은 즐겁기는커녕 더 힘들었다. 담력을 키워야 한다며 밤에 공동묘지를 돌고 오라는 훈련은 어린 승욱에게 두렵고 벅차기만 했다. 칠흑 같은 어둠과 귀신 같이 서 있는 나무들이 자꾸 목덜미를 잡고 놓아주지 않는 것만 같았다. 야구고 뭐고 다 때려치우고 집에 가고 싶다는 생각만 간절했다.

그런데 미국행이라니. 승욱은 우선 지독한 야구 훈련에서 벗어날 수 있다는 기쁨에 들떴다. 이민 결정은 그리 갑작스러운 일은 아니었다. 스포츠용품 사업 차 자주 미국을 왕래하셨던 아버지가 현지에서 직접 사업을 해보고 싶어 했기에 가족 이민이 자연스레 결정됐다.

승욱은 곧 미국으로 떠난다는 말에 마음이 급해졌다. 무엇보다 영어가 문제였다. 운동을 하느라 상대적으로 공부를 소홀히 했다는 반성이 밀려왔다. 손 놓고 있을 수만은 없었다. 밤이면 미국 지도를 펼쳐 놓고 도시 이름을 찾는 놀이를 하고, 영어책을 보며 발음 연습을 했다. 영어는 어렵고 까다로운 손님처럼 승욱에게 친절하지 않았다. 친구들은 그런 속내도 모르고 미국에 가는 승욱을 부러워했다.

사진이나 영화 속에서만 봤던 골든게이트교를 직접 보니 장엄하고 신기했다. 태어나 처음 와 본 미국은 수많은 인종의 집결지답게 다양한 사람들이 살고 있었다. 공항에서 친척들과 친구들의 따뜻한 배웅을 받았던 기억이 아직도 생생한데, 승욱은 자신이 다른 나라에 와 있다는 사실이 믿기지 않았다. 하루아침에 거대한 세상 한가운데 툭 떨어진 기분이었다.

학교에 간 첫날은 고문이었다. 마음과 달리 입이 열리지 않았다.

영어 공부를 더 열심히 해둘 걸, 후회막심이었다. 점심시간에는 카페테리아에서 이름도 낯선 음식들을 혼자 먹었다. 한국에 있는 친구들이 그리웠다. 성격이 밝고 쾌활했던 승욱은 한국에서 과묵하다는 말을 한 번도 들은 적이 없다. 그런데 미국에서는 말 없는 소년이 되었다. 그런 승욱이 제 모습을 되찾은 것은 중간고사를 치르고 야구부에 들어가면서부터다.

미국 학생들보다 상대적으로 뛰어난 수학 실력 덕분에 중간고사에서 수학 시험 만점을 받았다. 영어 회화 능력은 부족했지만 영어와 과학도 높은 점수를 받았다. 아이들이 '아시아에서 온 천재'라고 불러 줬다. 은근히 어깨가 펴지고 입가에 웃음이 늘었다.

한편, 학교에는 야구부가 있었다. 승욱은 망설이지 않고 등록했다. 한국에서 겪었던 고된 훈련 덕에 상급생들과 비교해도 뒤지지 않았다. 매일 운동하던 한국에 비해 미국 학생들은 주말에만 운동하는 '취미 야구' 같은 느낌이 들었다.

승욱은 야구팀에서 단연 돋보였다. 감독의 특명으로 다른 친구들을 가르칠 정도였다. 아이들은 승욱의 짧은 영어에 귀 기울이고 그의 코치를 받았다. 한국에서 받은 고된 훈련이 처음으로 감사하게 다가왔다. 자신의 몸과 마음이 그 시간을 통해 한층 단련되었다는 사실을 그제야 깨달았다.

겨우 학교생활에 적응해 갈 때쯤, 아버지는 또 이사를 간다고 말했다. 야구부에서 조금씩 이름을 날리던 때였다. 친구들도 늘고 슬

슬 미국 생활에 재미가 붙어 자신감이 생겼는데 이사를 가야한다니. 승욱은 다시 새로운 곳에서 적응해야 한다는 사실이 두렵기만 했다. 온화한 샌프란시스코와 달리 추운 겨울이 긴 콜로라도 주로 간다는 말에 승욱은 더욱 낙담했다.

스노보드를 타고 하늘을 날다

콜로라도 주로 이사하게 된 이유는 겨울 스포츠 용품을 판매하는 아버지의 사업체가 아스펜(Aspen)에 있었기 때문이었다. 록키산맥 해발 이천사백 미터에 위치한 '눈의 도시' 아스펜은 유명한 스키장과 캠핑장이 즐비한 겨울 스포츠의 천국이었다. 승욱은 동네에서 유일한 한국인 소년이었다. 전학 간 학교는 개교 이래 동양인 학생을 처음 받는다고 말했다.

승욱은 샌프란시스코에서 겨우 일 년간 익혔던 영어 실력으로 새로운 학교에 적응하기가 버거웠다. 승욱이 미국에서 자신감을 갖게 해 준 야구부조차 없었다. 열네 살 소년은 잔뜩 움츠러들었다. 영어를 이해 못해 준비물을 빠뜨리기 일쑤였고 숙제를 제출하지 못하는 날도 많았다. 한창 예민할 나이에 친구조차 없었다. 학교생활에 점점 흥미를 잃었다.

한번은 선생님이 어머니를 학교로 호출했다. 아들이 '동양에서 온 문제아' 취급을 받는다는 것을 알고 어머니는 많이 속상해 했다. 승욱은 야구방망이를 신나게 휘두르던 날들이 몹시 그리웠다. 답답하고 속상한 마음을 담아 야구공을 먼 하늘로 날려 보내고 싶었다.

아버지는 주말이면 스키장을 자주 갔다. 친구 한 명 없이 지내던 승욱은 자연스레 아버지를 따라다녔다. 승욱은 한국에 살 때도 스키를 제법 탈 줄 아는 소년이었다. 어느 날 스키장에 간 승욱에게 신기한 물건이 눈에 띄었다. 자기 키를 넘는 긴 널빤지를 팔에 끼고 다니는 사람들의 모습이었다.

"아버지, 저게 뭐예요?"

"스노보드라는 거야."

아버지는 그것이 스키와는 다르게 위험하다고 말했지만 승욱은 스노보드를 본 순간 두 눈과 귀가 활짝 열리는 기분이었다. 주위를 둘러보니 또래 청소년들도 스노보드를 타고 있었다.

'그렇다면 나도 할 수 있을 테지.'

그날 승욱은 처음으로 스노보드를 탔다. 아버지의 경고는 어쩌면 기우에 불과할지도 모를 일이었다. 정상에 서서 가파른 경사를 따라 굽어보니 스키장 주변 건물들이 작은 점처럼 보였다. 눈앞에 펼쳐진 눈부신 설경은 어서 빨리 스노보드를 타고 내려오라고 유혹하는 듯했다. 승욱은 긴장감과 호기심으로 탱탱해진 팔의 느낌이 말할 수 없이 좋았다. 야구방망이를 휘두르던 날들을 추억 속에 묻고, 스노보드와 함께하는 운명이 다가올 것만 같은 예감에 가슴이 뛰었다.

눈 덮인 언덕을 내달리는 기분은 한없이 자유로웠다. 그야말로 '하늘을 나는 느낌'이었다. 스노보드에 몸을 싣자 새로운 기대감이 답답했던 기억들을 멀리멀리 몰아냈다. 그날 밤, 승욱은 스노보드를 타고 멋있게 활강하는 자신의 모습을 상상하며 잠을 이루지 못했다.

세계 톱 무대에 오른 무명의 동양인 선수

"헤이, 생독!"

승욱은 어느덧 '생독'이라는 이름이 익숙하다. 한국식 이름인 '승욱'을 발음하기가 어려워 '생'이라고 부르던 친구들이 사이프레스 힐(Cypress Hill)의 노래를 듣다 힙합 느낌으로 '독'을 붙여 만든 애칭이다. 아스펜에서 유일한 한국 소년으로 놀림받던 소년이 '생독'이라는 친근한 애칭으로 불리기까지는 스노보드가 큰 몫을 했다. 교실에서 만들지 못했던 친구들을 스키장에서 만들었다. '생독'은 어느새 친구들이 부러워하고 가까이 지내고 싶어 하는 사람이자 리더였다. 더 이상 외톨이 승욱은 없었다.

대학에 들어갈 때쯤에는 콜로라도 주에서 꽤 이름 난 스노보드 선수가 되었다. 학업을 중단하고 스노보드에만 전념하고 싶었다.

아버지는 오랫동안 고민하더니 그의 계획을 허락했다. 단, 삼 년 동안만 전념하고 세계 10위 안에 드는 조건이었다.

그는 삼 년이 채 되기 전에 약속을 지켰다. 세계대회 하프 파이브 부문에 진출해 세계 5위라는, 역대 한국인이 올린 최고 점수를 달성했다. 그는 늘 자신을 믿고 격려한 아버지를 실망시키지 않았다는 사실이 무엇보다도 기뻤다. 그는 여러 잡지와 방송에서 모습을 드러냈고 '코리안 보더 생독'이라는 이름으로 불렸다. 하지만 영광은 오래 가지 않았다.

세계선수권대회를 얼마 남겨 놓지 않은 날이었다. 여느 때처럼 연습에 열중하던 그는 빠른 속도로 비탈을 내려오고 있었다. 시속 백 킬로미터 속도로 하강하던 몸이 중심을 잃고 비틀거리더니 착지와 동시에 눈밭을 구르며 둔탁한 소리를 냈다. 뼈가 부러지는 통증이 등줄기를 타고 흘렀다. 그동안 여러 번 있었던 팔목 골절, 어깨 탈골에 비할 수 없는 통증이었다. 정수리까지 치고 올라오는 고통에 신음조차 내지 못했다. 그 순간 '모든 것이 끝났다'는 불길한 예감에 몸을 떨었다. 정신은 야속할 정도로 명료했다.

스노보드는 미국에서 승욱의 모든 것이나 다름없었다. '몽키'라고 불리며 놀림을 당했던 일도, '치즈버거'도 발음이 어려워 사먹지 못했던 일도, 다 삭이고 우뚝 설 수 있었던 것은 스노보드 덕이었다. 스노보드는 낯선 땅에 이민 온 동양인 소년에게 용기와 자신감을 불어넣은 친구이자 미래였다. 그런데 세계적인 스노보더가 되겠다는 꿈이 바스러지고 있었다. 승욱은 구급차 안에서 멀리 설산을 올려다보았다. 다시는 스노보드를 타고 골짜기를 내려올 수 없을 것만 같았다.

아주 작은 희망의 불씨

엑스레이 차트를 보던 의사의 얼굴이 자못 심각했다. 승욱은 결과를 짐작하고 마른 침을 삼켰다.

'제발 스노보드를 계속 탈 수만 있다면!'

그러나 결과는 절망적이었다.

"발목 골절 상태가 아주 심각합니다. 뼈가 으스러졌어요. 수술을 성공해도 선수 생활은 힘들 겁니다."

의사는 망설임 없이 분명하고 건조한 목소리로 말했다. 그 말이 무엇을 의미하는지 이해하기에 그리 오래 걸리지는 않았다. 오랫동안 준비해 왔던 세계선수권대회의 불참은 물론이거니와 자신의 앞날에 스노보드는 사라진 야구방망이처럼 추억 속에 남을 일이었다.

'미국에 와서 얻은 전부였는데……'

이제 무엇을 할 수 있을까. 컴퓨터 디자인을 전공했지만 거의 휴학 상태였다. 생각해 보니 달리 잘하는 일이 없는 것 같았다. 생각할수록 막막했다. 어디에도 해답은 없었다. 긴 병원 생활이 끝나고 방황이 찾아왔다. 승욱은 오랫동안 밖으로 나돌았다.

미래는 한없이 불안하고 불투명했다. 아무 데도 희망을 찾지 못하는 무기력한 상태에 빠졌다. 아버지가 보다 못해 그를 불러 앉혔다. 스포츠 의류 사업에 뛰어들고 나서 무척이나 바빠진 아버지는 그에게 사업을 배워 볼 것을 권했다. 내심 아버지 사업을 아들이 물려받길 원하는 눈치였다.

승욱은 아버지 회사에서 일하는 자신의 모습을 그려 보았다. 회사 조직 내에서 근무하는 모습은 뭔가 생뚱맞았다. 승욱은 지난날을 찬찬히 돌아보았다. 야구방망이를 휘두르던 어린 시절부터 스노보드를 타던 시절까지……. 그리고 자신이 '자유로운 기질을 가진 사람'이라는 사실을 깨달았다. 자신의 영혼과 열정이 만나 빛을 뿜어내던 시절이야말로 행복했고 보람 있었다.

그는 이런저런 생각으로 머리가 복잡했다. 운전대에 앉아 무작정 도로를 내달렸다. 그러다 무심코 스키장 주차장에 도착했다. 부상 이후 좀처럼 들르지 않던 곳이었다. 목적지도 정하지 않고 왔는데 스키장에 닿았다는 사실이 절망스럽기만 했다.

'앞으로 무엇을 할 수 있을까?'

이 질문을 아무리 되뇌어도 좀처럼 답이 떠오르지 않았다. 열정은 가득했지만 할 수 있는 일은 운동밖에 없다는 냉혹한 현실이 그를 밀어냈다. 그러다 문득 한 가지 생각이 떠올랐다. 그동안 자신을 지켜 주고 채찍질한 것은 미리 포기하지 않고 앞을 향해 달려 왔던 도전 정신이라는 사실이었다. 뭔가 희미한 불씨가 눈앞에서 깜박이는 느낌이 들었다. 다시 열정을 불태워 볼 일이 자신 앞에 나타나기를 소원했다.

성수기가 지난 스키장은 그의 심정처럼 스산하기만 했다. 막 모퉁이를 돌아서는데 '켄이치(Kenich)'라는 일식 레스토랑 간판이 눈에 띄었다. 레스토랑 문 앞에는 '직원 구함'이라는 구인 광고가 붙어 있었다. 그는 발걸음을 멈추고 오래 광고를 바라보았다. 왠지 모르게 머릿속이 맑아지는 느낌이었다.

'요리사?'

처음 스노보드를 만났을 때처럼 짜릿하지는 않았지만, 무언가 오랫동안 정열을 쏟을 수 있는 일을 만났다는 예감이 강하게 그를 흔들었다.

금발 염색 머리를 밀고

콜로라도 주의 어느 스키장을 가더라도 근처에는 고급 일식 레스토랑이 있었다. 승욱은 일식 레스토랑에서 시간제 근무를 한 경험이 있었다. 스노보드가 그리 인기 있는 스포츠가 아니었을 때, 항공료와 체재비를 충당하기 위해서였다. 손님들이 주는 후한 팁은 운동하느라 드는 많은 비용에 도움이 되었다. 그는 정직원은 아니었지만 대충 일하는 법이 없었고, 손놀림이 빨라 일을 잘한다는 칭찬도 자주 들었다. 홀 서빙도 맘에 들었지만 그는 사실 요리에 관심이 더 많았다.

'켄이치'의 구인 광고는 부상 후 절망 속에서 하루하루를 보내던 그에게 구원의 손길처럼 다가왔다. 승욱은 무언가에 홀린 듯 레스토랑 안으로 들어갔다. 자그마한 체구에 노련한 솜씨로 스시를 만드는 동양인 남자가 눈에 들어왔다. 흰색 조리복 위에 '켄이치'라는 이름이 수 놓여 있었다. 승욱은 약간 긴장이 되었지만 부러 밝은 목소리로 말했다.

"주방에서 일하고 싶습니다. 저를 채용해 주세요."

켄이치는 고개를 돌려 승욱을 바라보았다.

"주방엔 일손이 필요 없고 홀에서 일할 웨이터를 구하고 있네."

"저는 일도 하고 싶지만, 요리사가 되고 싶어 찾아왔습니다."

켄이치는 아무 대꾸 없이 주방으로 들어가더니 나오지 않았다. 승욱은 황당하고 무안했다. 어쩌면 요리사는 자신의 길이 아닐지도 몰랐다. 그는 다음 날 다시 오기로 마음먹고 발길을 돌렸다. 단칼에 거절을 당하니 은근히 자존심도 상했다. 그러나 이튿날에도 켄이치는 주방에선 사람을 구하지 않는다는 말만 계속했다. 다시 찾아온 승욱이 귀찮은 듯 보였다.

"요리를 배우고 싶습니다. 켄이치, 당신에게요."

승욱은 진심을 다해 말했다. 켄이치는 한동안 그를 물끄러미 바라보았다. 그러더니 "금발 머리를 밀고 다시 오라"고 말했다. 승욱은 도저히 그를 이해할 수가 없었다.

'여기가 군대도 아니고, 레스토랑 주방에서 일하는 조건으로 삭발을 하라니!'

도무지 어처구니없는 요구라고 생각했다. 자신에게 금발 머리는 스노보더의 상징인 '자유' 그 자체였다. 단지 삭발을 하느냐 마느냐는 문제가 아니었다. 켄이치의 삭발 요구는 마치 그동안 살아 왔던 삶의 방식을 통째로 바꾸라는 말처럼 들렸다. 레스토랑 창밖은 오후 늦게 내린 순백색 눈이 쌓여 반짝반짝 빛나고 있었다.

그는 오랜 결심 끝에 결국 깨끗이 삭발을 했다. 엄격한 규율을 요구하는 요리사의 세계에 발을 내딛는 순간이었다. 목욕탕 바닥에 떨어진 머리카락을 바라보는 심정은 비장하기까지 했다. 그렇게 삭발을 감행한 승욱은 부모님 앞에 무릎을 꿇었다. 요리사가 되겠다는 결심을 보여 드리고 싶었다. 부모님은 한동안 말이 없다가 고개를 끄덕였다.

승욱은 '켄이치'에 다시 찾아갔다. 켄이치는 그의 달라진 모습을 보고 놀라는 눈치였다. 요리를 배우겠다고 찾아와 고집 부리는 이들을 쫓아내려 한 극단의 조치였는데, 승욱처럼 정말 삭발을 하고 돌아온 사람은 없었다고 했다. 승욱은 어려운 시험 하나를 통과한 듯 마음이 가벼워졌다.

밥의 달인이 되라

요리를 배우겠다는 생각은 사치였다. 적어도 켄이치 주방 생활은 그랬다. 심지어 칼을 만지는 것조차 허락되지 않았다. 모든 것이 자유로웠던, 힙합과 스노보드 세계에서 오랫동안 살았던 승욱에게 주방은 안 가 본 군대만큼이나 낯선 곳이었다. 게다가 선배 요리사들은 엄격했고 권위적이었으며 불친절하기까지 했다.

첫 번째 임무는 밥을 짓는 일이었다. 일식에서 밥은 모든 요리의 기본이자 전부다. 밥의 달인이 되어야 일본 요리의 달인이 되는 것이라고 했다. 그들이 알려 준 밥 짓는 방법은 이러했다.

뽀얀 물이 나오지 않을 때까지 쌀을 여러 번 씻고 체에 받쳐 물기를 뺀다. 솥에 쌀과 물을 붓고 센 불에 올린다. 밥이 끓기 시작하면 그 상태로 일 분간 기다린 뒤 불을 줄여 다시 오 분간 끓인다. 마지막으로 십 초간 불을 세게 올린다. 불에서 내려 십오 분간 실온에 둔 다음 식초 양념을 뿌려 식히면 밥이 완성된다. 이 과정을 귀가 따갑도록 듣고 밥을 지었다. 그래도 주방 식구들은 여전히 그에게 불만이었다.

"생, 밥이 왜 이 지경이야? 색깔이 왜 이래? 쌀은 제대로 씻었어? 식초를 들이부었나? 너무 시잖아! 이건 또 왜 이렇게 달짝지근해. 이봐, 생! 너 때문에 버리는 쌀이 도대체 얼마인지 알아?"

그 쉬운 밥만 짓느라 손이 물렀다. 승욱은 은근히 열불이 났다.

요리를 배우겠다는 거창한 계획은 꿈으로만 남을 것 같았다. 마음을 독하게 먹고 삭발까지 했는데 겨우 주방에서 쌀 씻고 밥이나 하면서 세월을 보낼 줄은 몰랐다. 오기가 생겼다. 그리고 밥 짓는 일이 조금 수월해질 때쯤 새로운 일이 주어졌다. '돌려 깎기(카츠라무키)'였다.

승욱은 무 한 상자를 받았다. 주방장 겐다가 먼저 시범을 보였다. 그가 무 한 개를 들고 왼손을 몇 번 돌리니 신기하게도 껍질이 금세 깎였다. 이번에는 승욱 차례였다. 손에 익지 않은 칼질은 서툴기만 했다. 수없이 연습을 반복했다. 마침내 겐다처럼 칼만 쥐고 있어도 무가 깎이는 듯했다. 그러자 겐다는 무보다 더 깎기 어려운 당근을 던져 주었다.

'켄이치'에서 일을 시작한 지 삼 개월이 지났다. 정식 요리는 배우지 못하고 간단한 롤 만들기, 채소 다듬기, 허드렛일로 그만큼 시간을 보냈다는 게 억울했다. 승욱은 요리를 배우겠다는 결심을 다시 한 번 가슴에 새겼다. 은근히 약이 올랐다. 새벽에 일찍 출근해 오전에 해야 할 일을 말끔하게 해치웠다. 남은 시간은 선배 요리사들이 칼을 사용하는 법과 음식 만드는 과정을 곁눈질로 배웠다.

어느 날, 기회는 기다리는 사람에게만 온다는 걸 깨달은 사건이 생겼다. 바쁜 점심시간에 단체 손님 스무 명이 예약도 없이 들이닥친 것이다. 음식 주문이 쏟아지자 일손이 부족했다. 주방장 겐다가 할 일을 다 마치고 쉬고 있던 승욱을 불렀다. 스시를 몇 종류 만들어 보라고 말했다. 승욱은 기다렸다는 듯이 빠르고 정교하게 스시를 만들어 냈다. 그래도 시간이 남아 다른 요리사들의 요리를 거들었다. 겐다는 몹시 놀라는 눈치였다. 그리고 밥이 뭉쳐진 밀도와 생선의 절단면을 유심히 살피더니 스시 하나를 집어 입에 넣었다.

"네가 만들었나, 생?"

가슴이 철렁했다. 얼른 대답이 나오지 않았다. 괜히 목소리가 목 안으로 기어들어가는 것 같았다.

"네, 제가 만들었습니다."

겐다는 입에 넣은 스시를 마저 삼키더니 흡족한 표정을 지었다.

"믿기지 않는군. 손으로 잘 쥔 솜씨야."

'잔소리 대장' 겐다에게 처음 칭찬을 듣고 승욱은 날아갈 듯 신이 났다. 새벽부터 유난을 떨며 곁눈질로 배우고 익힌 학습이 도움이 되었음을 그들이 알 리 없었다. 승욱은 드디어 앞날에 한줄기 환한 빛이 스머드는 것을 느꼈다.

주방장 겐다가 일본으로 돌아간 빈 자리를 부주방장이었던 승욱이 채웠다. 불과 삼 년 만에 '켄이치'의 부주방장이 되고 오 년 만에 주방장이 된 것이다. 인생의 가장 큰 고비에 '켄이치' 구인 광고를 발견한 오 년 전 그날이 다시 생각났다. 더 이상 스노보드를 탈 수 없다는 소식에 절망한 그의 눈앞에 섬광처럼 번쩍였던 몇 줄짜리 광고가 인생을 통째로 바꾸어 놓을 줄은 꿈에도 생각하지 못했다.

부주방장이 되었을 때 승욱은 이름을 '아키라'로 바꿨다. 그가 한국에서 야구를 할 때 아버지는 일본으로 야구 유학을 보내 주려고 했다. 그때 아버지의 일본인 친구가 승욱에게 '아키라'라는 일본식 이름을 지어 주었다. '아키라'는 '희다'를 뜻하는 승욱의 성 '백(白)'에서 따온 것이다. 당시에는 그 이름을 써 보지도 못하고 일본 유학 대신 미국 이민 길에 올랐다.

그때 그 이름을 들었을 때는 아무런 감흥이 일지 않았는데, 새하얀 조리복을 입고 난 후에 생각해보니 그 이름이 마치 일식 레스토랑 주방장이 될 자신의 앞날을 예언이라도 한 것 같았다. 일식 레스토랑 주방장 이름으로 참 멋지다는 생각이 들었다. 승욱은 기뻐하며 마음속으로 이렇게 외쳤다.

'아키라가 돌아왔다!'

'켄이치'에서 배운 것은 단순히 요리만이 아니었다. 켄이치는 아키라에게 종종 이렇게 말했다.

"주방장은 요리만 잘한다고 해서 책임을 완수했다고 할 수 없지. 손님들은 분위기에 따라 똑같은 음식에서도 다른 맛을 느끼지. 그래서 요리사란 종합예술가나 마찬가지라는 말일세. 음식은 물론 레스토랑 인테리어, 음악, 웨이터의 친절한 서비스까지……. 모든 것이 맛을 이루는 요소이며, 요리는 그 가운데 가장 중요한 예술 작품이라네."

켄이치의 가르침은 그의 요리 인생에 큰 영향을 끼쳤다. 켄이치는 아키라에게 요리를 가르쳐 준 스승이면서, 존경하고 신뢰하는 아버지 같은 존재였다. 그런 사람을 요리에 첫발을 디딜 때 만난 것은 두고두고 생각해도 감사한 일이었다.

켄이치와의 인연은 오래 지속되었다. 그가 하와이, 텍사스 달라스, 오스틴에 '켄이치' 지점을 열 때마다 아키라는 그의 부탁을 받고 세팅 작업을 도와 레스토랑을 성공적으로 이끌었다. 그리고 아키라가 '켄이치'의 총주방장으로서 의욕적으로 일하던 무렵, 또다시 새로운 기회가 찾아왔다.

세계 최고 요리사를 향해

"마오 레스토랑이라고요?"

승욱은 며칠 전 덴버 지역신문에 난 기사를 떠올렸다. 아시안 프렌치 대형 고급 레스토랑이 들어선다는 소식이었다. 그런데 거기서 왜 자신을 선택했을까? 아키라는 의아했다. 게다가 사장이 직접 전화를 걸어 아시안 파트 요리를 맡아 달라는 제안이 도무지 믿기지 않았다. 알고 보니 그동안 몇 차례 손님으로 온 사람이 켄이치에게 일식을 담당할 주방장을 소개해 달라고 요청했고, 켄이치가 아키라를 추천한 것이었다. '에너지 넘치고 실력 있는 젊은 요리사'라는 칭찬과 함께.

"마오에 가서 레스토랑을 운영하는 모든 노하우를 배우게. 자네에게 좋은 기회야. 이곳에서는 음식 만드는 것 외에는 더 배울 게 없지 않은가?"

켄이치의 마음 씀씀이가 고마웠다. '마오'의 스카우트 제의는 결코 거절할 수 없는 기회였다. 정식으로 요리학교를 다녀 본 적도 없고, 한 레스토랑에 머무른 경력이 전부인 그에게 찾아온 행운. 그것은 세계 최고 요리사가 되기 위한 힘찬 한 걸음이었다.

그런데 '마오'로 자리를 옮긴 아키라는 전혀 생각하지 못했던 일로 어려움을 겪었다. 프렌치 음식을 총괄하는 주방장 브라이언과 사소한 일로 자꾸 부딪치는 것이었다. 오랫동안 한국 하얏트호텔에서 요리사로 근무한 경험이 있는 브라이언은 은근히 한국인을 폄하하는 버릇이 있었다. 그는 아키라가 정한 메뉴를 멋대로 바꾸기 일쑤였고 상의 없이 결정하고 통보하는 '일방통행'형 사람이었다.

아키라는 번번이 화가 치밀었다. 그러다 브라이언의 성이 '나가요(Nagayo)'라는 것이 문득 생각났다. 아키라는 다른 직원들이 그를 브라이언이라고 부르는 것과 상관없이 '내 앞에서 사라져!'라는 뜻을 담아 "나가요, 셰프!"라고 힘주어 불렀다. 한국에서 일한 경험이 있는 그는 아키라가 자신의 이름을 그렇게 부르는 것을 몹시 못마땅해 했다. 자신의 성이 한국어로 어떤 의미인지 알았기 때문이었다. 그러던 그가 결국 아키라에게 먼저 화해를 청했다. 경쟁심 때문에 생긴 일종의 '기 싸움'이었다는 걸 서로 인정한 셈이었다.

'마오'가 점차 자리를 잡아 갈 무렵, 아키라는 AIC(Art Institute of

Colorado School of Culinary Arts) 요리학과에 등록했다. 아침 일곱 시부터 네 시간짜리 연속 수업을 듣는 것이라 레스토랑 일과에 그다지 불편을 끼치지 않았다. 아키라는 아침마다 빳빳하게 다림질된 새하얀 조리복을 입고 조리도구가 든 가방을 들고 등교했다. 그럴 때면 마치 스노보더들이 입는 흰 스키복이 연상되어 슬그머니 웃음도 나왔다. 경험을 통한 요리 배우기에 학문으로 접근하는 요리 지식을 겸비하자 아키라는 날개를 단 기분이었다. 각 음식에 대한 칼로리 분석과 음식의 유래 등은 그의 오랜 궁금증을 풀어 주기에 충분했다. 동기생들의 열정도 그가 학교에서 얻은 커다란 수확 가운데 하나였다.

무엇보다도 기쁜 일은 학교에서 평생지기로 남을 소중한 친구를 만났다는 사실이다. 철학을 공부하다가 요리에 뛰어든 한국인 친구, 황성원이었다. 둘은 금방 가까워졌고 요리에 관한 많은 정보를 나누며 서로를 격려했다. 주말에도 함께 어울리며 요리 이야기로 시간 가는 줄 몰랐던 두 사람은 룸메이트가 되었다. 아키라는 그 덕분에 자신의 인생이 더욱 충만한 느낌이 들었다. 그런 친구가 덴버에 있는 하얏트호텔에서 인정을 받아 영주권을 주겠다는 것도 반대하고 한국으로 돌아갔을 때는 조금 서운했지만, 여전히 같은 길을 걷는다는 걸 위안 삼았다.

멈추지 않는 모험, 요리 여행

아키라는 '마오'를 나왔다. 단순히 돈을 버는 직업인으로서 만족할 수 없었다. 평탄한 길을 버리고 또 한 번 모험을 감행했다. 그는 실패를 두려워하지 않는 도전 정신이 자신을 성장시킨다고 믿었다. 그리고 최고의 스승을 찾아 떠나는 요리 여행을 계획했다.

그의 이야기를 들은 부모님은 너무도 반대가 심했다. '마오' 주방장이면 요리사로서 남부럽지 않은 위치였다. 그러나 아키라의 생각은 달랐다. 여러 곳을 돌아다니며 요리 명인에게 직접 배우고 싶었다. 그리고 '나만의 새로운 요리'를 만들고 싶었다.

"아버지, 요리를 제대로 배우고 싶어요."

결국 아버지가 고개를 끄덕였다. 아들의 의지와 결심이 한순간에 즉흥적으로 이뤄진 것이 아님을 알고 있었기 때문이었다. 부모의 동의를 얻는 데 성공한 아키라는 이 년간 미국 요리 여행을 떠났다. 훌륭한 요리사로 거듭나기 위한 혹독하고 외로운 준비 과정인 셈이었다.

처음 찾아간 곳은 필라델피아의 '모리모토' 레스토랑이었다. 모리모토는 그의 스승 노부 마츠히사와 함께 미국에서 일식을 대표하는 최고의 요리사였다. 일본과 미국의 〈아이언 셰프〉에 모두 출연한 인물이기도 하다. '모리모토'의 인테리어는 명성에 걸맞게 신비한 분위기를 자아냈고, 음식 맛은 마치 자로 잰 듯 정확했다. 똑같은 레시피로 요리한 음식이어도 요리사마다 맛이 조금씩 차이가 나는데 '모리모토' 음식은 모두 같은 맛을 냈다. 아키라는 주방에 들어가 일을 하면서 그 이유를 알 수 있었다.

모리모토는 주방에서 항상 자를 차고 다녔다. '켄이치' 주방이 엄격한 규율을 자랑하는 군부대 같다면 '모리모토' 주방은 엄밀하게 조직된 특수부대 같았다. 지각이나 결근 한 번도 결코 용납되지 않았다. 그런 분위기가 언제 어떤 음식을 주문해도 정확하게 같은 맛을 내는 레스토랑을 만든 것이다. 모리모토의 철저함은 요리법 못지않게 욕심 날 정도로 배우고 싶은 경영 철학이었다.

'마오' 주방장 출신임에도 불구하고 아키라는 '모리모토'에서 '싸구려 스시 맨' 취급을 받았다. 오랫동안 굴 깎는 수업만 거듭한 끝에 겨우 스시를 만드는 시범을 보였는데, 주방장이 한입 베어 먹고 쓰레기통에 내던지는 굴욕을 겪었다. 아키라는 최고의 스승을 찾겠다는 일념으로 '모리모토'에 오래 머물지 않았다. 그때 생각난 곳이 모리모토의 스승이 운영하는 '노부' 레스토랑이었다.

'노부'는 열여섯 개 지점을 갖춘, 할리우드 스타들이 즐겨 찾는 대표적인 일식 레스토랑이다. 평일은 대개 이삼 주, 주말은 최소 삼 개월 전에 예약해야 하고 하루 저녁에 삼백 명에서 오백 명까지 손님이 몰리는 곳이었다. 아키라는 '모리모토'에서 일한 경력으로 '노부'에서 일할 수 있었다.

그가 처음 맡은 일은 하루에 일이백 마리 생선을 손질하는 것이었다. 생선 가시를 발라내고 내장을 분리하는 단순한 일이었다. 주방은 뛰어난 실력을 갖춘 요리사들이 손님들에게 최고의 요리를 선사하기에 나무랄 데 없었지만, 치열한 경쟁 탓에 상호 비방과 무시가 난무했다. 시종일관 긴장감이 떠나지 않는 전쟁터 같았다.

아키라는 레스토랑에 들어온 지 몇 달 지나서야 오너 셰프 노부를 만날 수 있었다. 노부는 미국 전역뿐만 아니라 전 세계, 그리고 초호화 크루즈에 있는 레스토랑들을 관리하느라 무척 바쁜 사람이었다. 그는 아키라를 보더니 열심히 일하고 있다는 말을 들었다며 특별한 관심을 보였다.

페루 출신인 노부는 그곳에서 거들떠보지도 않던 식재료인 장어를 사용해 튀김과 초밥을 만들어 소위 대박을 터뜨렸다. 싱싱한 재료가 일본 음식의 특징인데, 날생선이 입에 맞지 않는 미국인들을 위해 올리브유와 참기름을 뿌려 겉만 살짝 익힌 '뉴 스타일 사시미'를 보고 아키라는 충격을 받았다. '사시미는 날것'이라는 고정관념이 무너지면서 '먹는 사람의 입맛에 맞춘 자기의 요리'를 척척 만들어 내는 노부의 요리 철학에 매력을 느꼈다. 노부는 신선한 재료를 구입하기 위해 돈을 아끼지 않았고 일본에서 싱싱한 해산물을 직접 공수해 사용했다. 일식을 세계에 소개하고 음식을 통해 국경이라는 경계를 허물어 버린 그는 '노부'라는 브랜드로 요리계에서 자기 색깔을 분명히 가지고 있었다.

아키라는 텍사스를 끝으로 요리 여행을 마쳤다. '샘' '크리스' 에

릭'이라는 가명을 번갈아 사용하며 새로운 요리를 익히고, 레스토랑의 장점을 온몸으로 흡수했다. 꼬박 이 년이 걸린, 평생 기억에 남을 값진 공부였다.

라스베이거스 요리사

라스베이거스를 '도박의 도시'로만 이해하는 사람은 그곳을 반만 아는 것이다. 연중 유명한 쇼가 열리고 으리으리한 호텔들이 즐비한 라스베이거스를 소개할 때 빼놓을 수 없는 것이 하나 더 있다. 바로 미식가들을 위한 최고급 레스토랑이다.

라스베이거스는 밤이 되면 더 화려한 옷으로 갈아입는 도시다. 특히 벨라지오호텔의 분수 쇼는 관광객의 눈길을 단박에 사로잡는 볼거리다. 그래서 호텔 앞은 밤마다 사람이 가장 많이 모이는 곳 가운데 하나다. 그곳에 최고급 일식 레스토랑 '옐로테일'이 있다. 그리고 이 레스토랑 간판에는 'Chef Akira Back'이 새겨져 있다.

한국에서 태어나 미국으로 이민, 스노보더로 이름을 날리다 일식 레스토랑 시간제 근무로 시작된 요리 인생. '나의 길'이라는 확신이 들면 망설임 없이 도전하고, 끊임없이 모험을 감행한 아키라는 라스베이거스 최고의 일식 레스토랑 주방장이 되었다. 그리고 벨라지오호텔 사장과 유명 정치인, 연예인, 브이아이피 고객, 음식 평론가,

기자 등 사백여 명이 모인 자리에서 레스토랑 오프닝 행사를 주도했다. 또한 〈아메리칸 아이언 셰프〉에 출연했고 '호스피탈리티'가 주관하는 '떠오르는 스타상'도 수상했다.

그의 성공은 꿈을 향해 첫발을 내딛을 때부터 자기만의 철학을 가진 요리사가 되기까지 끊임없이 노력한 결과다. 돌이켜 보면 어린 시절 야구를 했던 일도, 이민 후 외로움을 잊기 위해 미친 듯이 스노보드를 탔던 일도, 최고의 주방장이 되기 위한 극기훈련의 한 과정이 아니었을까.

큰 집을 짓기 위해서는 작은 벽돌부터 성실히 쌓아 올려야 한다. 그는 매 순간 부지런했고 새로운 시도를 두려워하지 않았다. 요리가 자신의 길이라는 확신이 들었을 땐 실패를 각오하고 그 길에 뛰어들었다. '승욱, 생독, 아키라 백'은 결코 현재에 만족하지 않는다. 'Chef Akira Back' 간판을 걸고 미국 전역과 일본에 자신의 레스토랑을 여는 꿈. 오너 셰프가 되는 그날까지, 그는 요리사로서 도전과 모험을 멈추지 않을 것이다.

Chef's Story

6

거인의 섬세한 손

유 희 영

유노추보 오너 셰프

66

요리를 하는 사람은 문화생활을 많이 해야 합니다.
다양한 사상을 쉽게 받아들이고 새로운 문화에 적응력을 키워야 하죠.
자신만의 시각으로 문화를 읽고 몸에 익힌 감각이 요리로 나옵니다.

99

유희영

1972년 서울 출생 | 석관고등학교 졸업 | 1991년 르네상스호텔 일식 부문에서 요리 시작 | 1995년 힐튼호텔 외식사업부에서 운영하는 '겐지' 근무 | 1999년 아워홈 '실크 스파이스' 근무 | 2004년 청담동 소재 퓨전일식 레스토랑 '누보' 총괄 셰프 | 2005년 SBS 〈결정! 맛대맛〉 출연 | 2008년 『특급셰프 유희영의 Cook Book』 출간 | 2008년 '유노추보' 개업 | 2010년 '유노추보 스시' 개업, 『오너 셰프 레시피』 출간 | 2012년 『유노추보』 출간 | 2013년 현재 '유노추보' 오너 셰프

취재 및 집필 **김하늬**

'유노추보 스시'에 들어서자마자 눈에 들어오는 건 커다란 책장 하나를 가득 채운 엘피(LP)판이다. 그 가운데에는 근사한 턴테이블이 상징적인 의미처럼 자리 잡고 있다. 마치 세련된 바에 들어온 듯 귓가에 떠도는 모던한 음악이 인상적이다. 공간을 포근하게 감싸주는 주홍빛 조명 때문인지, 살짝 낮은 천장 때문인지 '유노추보 스시'는 아늑하다.

오른편에는 사시사철 벚꽃이 만개한 나무 밑에 원목 테이블이 줄지어 있다. 왼편에는 마주 앉은 손님을 직접 응대하며 초밥을 만들 수 있는 스시 바가 단정하게 서 있다. 그 끝에 유희영이라는 이름의 거인이 있다. 이곳에서 그의 눈길이 닿지 않는 곳은 없다. 테이블에 올라가는 메뉴 하나하나, 손님의 반응 하나하나, 그의 눈은 어느 것 하나 놓치지 않는다. 그러면서도 예리하게 칼을 놀리는 그의 섬세한 손은 쉴 새 없이 움직인다.

이십여 년 전 유희영은 지금의 모습과 무척 달랐다. 아직 자신이 하고 싶은 일을 정확히 몰랐던 스무 살의 그였다. 그가 처음으로 택한 일은 독서실 운영이었다. 그저 무엇이라도 해야겠다는 생각이었지만 그렇다고 무턱대고 일을 벌일 수는 없었다. 어린 나이였지만 사업계획서까지 써 가며 꼼꼼하게 계획한 뒤에 독서실을 열었다.

그렇게 독서실을 시작한 지 일 년, 유희영은 아무 변화 없이 반복되는 일상에 만족하지 못했다. 그는 갈망을 채우기 위해 책을 읽기 시작했다. 이것저것 가리지 않고 다양한 책을 읽었지만 그중 가장 즐겨 읽었던 것은 철학책이었다. 그는 동양철학과 서양철학을 넘나들며 자기만의 시선을 길렀다. 사회문화를 전반적으로 읽어 내는 시선, 다양한 각도로 사물을 바라보는 시선……. 이것이 앞으로 펼쳐질 인생뿐만 아니라 창작요리를 만드는 데에도 중요한 역할을 차지할 줄은 그 자신도 당시에는 몰랐다.

그는 당장 앞을 보기보다 멀리 내다보며 인생을 그려 나갔다.

'십 년 후, 아니 더 긴 시간 후에는 어떤 것이 사회에서 각광받을까?'

그는 이 질문을 끊임없이 고민했고 시대의 흐름을 읽으려 애썼다. 동시에 자신이 열정을 쏟을 수 있는 일을 찾으려 노력했다. 그러던 중 우연히 선진국들의 직업 선호도를 조사한 신문 기사를 읽었다. 항상 넓게 세상을 바라보며 생각하던 그에게 그 기사는 여태껏 기다렸던 필연이었을 것이다.

　그는 십 년 후 우리나라의 직업 선호도도 선진국과 비슷할 것이라고 예상했다. 상위 5위권 안에 드는 직업 중 그의 눈에 들어온 것은 바로 요리사였다. 그는 구십 년대에 들어서면서부터 삶의 질이 높아지고 있다고 생각했다. 이와 함께 요리사라는 직업도 단순히 음식을 만드는 직업, 그 이상이 될 것이라 믿었다. 원체 손으로 만드는 일을 좋아했고 잘할 자신도 있었다. 어렸을 때부터 김치찌개나 감자조림 같은 간단한 요리는 할 줄 알았고, 재미로 이것저것 만들어 보기도 했다. 아버지가 술을 드시고 온 날에는 술국도 끓여 낸 적이 있는 그였다. 유희영은 곧장 요리학원에 등록했다.

새로운 배움에 가슴 벅찬 날들

　유희영이 일식을 택한 이유는 친숙함 때문이었다. 어렸을 때부터 부모님과 외식을 하면 일식당을 자주 찾았다. 그래서인지 망설임 없이 일식을 선택했고, 운 좋게 르네상스호텔 일식 요리사이자 요리학원 강사였던 황길선 조리장에게 호텔에서 일해 보라는 제안을 받았다. 좋은 기회였다. 국내에 호텔이 처음 생긴 일제강점기에 일본인 밑에서 정통 일식을 배웠던 황길선 조리장과 김현태 조리장에게 많은 것을 배울 수 있었기 때문이다.

호텔에서 일을 시작한 무렵, 조리장 밑의 중간급 요리사들은 많이 빠지고 유희영과 비슷한 수준의 쿡 헬퍼(Cook Helper)들 밖에 없었다. 쿡 헬퍼는 호텔 지하에 있는 검수장에서 요리에 쓰일 식재료를 받아 와 손질하거나, 조리장들이 요리를 바로 할 수 있도록 모든 재료를 완벽하게 세팅하는 등 요리사들을 돕는 직급이었다. 중간급 요리사들이 없었기 때문에 바쁘기도 했지만 이는 오히려 그에게 유리했다. 남들은 이삼 년 후에나 배울 수 있었던 요리를 일손이 부족하다는 이유로 좀 더 빨리 배울 수 있었다.

채소를 손질하거나 생선을 다듬는 일이 전부였던 그에게 김현태 조리장이 처음으로 조식 근무를 맡겼다. 메뉴는 '일본 조식 정식'과 '전복죽' 두 가지였다. 미리 만들어 둔 전복죽에 물을 부어 끓이고 조리된 음식을 세팅하는 것이었지만, 이전까지 제대로 요리를 해 본 경험이 없던 그에게는 큰 도전이었다. 전날 밤 김현태 조리장은 그에게 준비 순서부터 주의사항까지 차근차근 알려 주었다.

"연어소금구이는 배 쪽이 앞으로, 등이 뒤로 향하게 담고 접시 오른쪽 아랫부분에는 무 피클과 우엉조림을 담을 거야. 닭고기 간장조림은 작은 공기에 닭 두 쪽, 감자 한 쪽, 당근 한 쪽, 튀긴 두부 한 쪽을 담고 따로 데친 시금치를 가운데에 올려. 그리고 깨 다섯 알을 뿌려 마무리하는 거야."

김현태 조리장은 그렇게 완성된 음식들을 쟁반에 담고 랩으로 덮어 그에게 건네주었다. 일종의 본보기였다. 그는 조리장의 설명을 그림과 함께 메모하고 몇 번이나 수첩을 들여다보며 모조리 외웠다. 그날 밤 집에 돌아와 자리에 누워서도 쉽게 잠을 이루지 못했다. 설렘 때문이었다. 결국 그는 한숨도 자지 못한 채 출근했다. 밤새 계획한 순서대로 밥을 하고 요리를 담았다. 순서를 얼마나 되뇌었는지 처음 하는 일이었지만 손에 착착 붙었다. 처음으로 만든 일본 조식 정식은 조리장의 본보기와 달리 뭔가 엉성하고 허술하다 느꼈지만 그는 최고로 행복했다. 드디어 요리사로서 첫발을 뗀 것이었다.

그날부터 유희영은 김현태 조리장에게 본격적으로 요리를 배우기 시작했다. 김현태 조리장은 좋은 스승이었다. 보수적일 것이라는 예상과 달리, 그는 유희영에게 다양한 것을 시도해 보라고 가르쳤다. 음식을 하나 알려 주고 나서 같은 방법이지만 다른 재료로 만들어 보라는 숙제를 내기도 했다. 그리고 한 번 만들어 본 요리는 일일이 수첩에 기록하게 했다.

"십 년, 이십 년이 지나도 과거에 한 요리를 똑같이 만들 수 있어야 진정한 프로다."

이러한 가르침은 유희영에게 소중한 자원이 되었다. 다양한 재료로 조화로운 요리를 만드는 것은 이후 창작요리를 할 때 원동력이 되었고, 언제나 꼼꼼히 요리 수첩을 정리하는 습관은 창작요리 포트폴리오를 만들 때 유용했다.

한창 열정적으로 배움에 임하던 시기였기에 그는 지칠 줄 몰랐다. 새로 배우는 요리라면 무엇이든 좋았고 재밌었다. 초밥 만드는 법을 배운 때는 하나라도 더 만들고 싶어서 초밥 삼백 인분을 혼자 만들다 실수하기도 했고, 호텔 중식 레스토랑 주방장에게 당근으로 용을 만드는 법을 배우고 싶어서 일식 요리를 몰래 가져다주며 알려 달라고 쫓아다니기도 했다.

한번은 조리장이 신년 기념으로 일본식 가정요리를 알려 주겠다고 했다. 우리나라에서 일본식 가정요리를 제대로 할 줄 아는 사람은 일제강점기부터 요리를 해 왔던 김현태 조리장밖에 없었다. 그는 전날부터 새로운 요리를 배울 생각에 잔뜩 들떠 있었다. 그러던 중 아버지가 편찮으시니 고향으로 내려오라는 연락을 받았다. 아버지에게는 죄송한 일이지만 요리를 배우지 못한다는 아쉬움과 실망이 앞섰다. 그만큼 요리를 배우는 데 미쳐 있었다.

실전 경험을 쌓은 유희영은 힐튼호텔에서 운영하는 '겐지 레스토랑'의 '세컨드 쿡'으로 자리를 옮겼다. 셰프와 퍼스트 쿡 다음으로 높은 직급이었다. 이십 대 중반에 세컨드 쿡으로 일하는 것은 이례적인 일이었다. 그만큼 남들에게 시기와 질투를 받기도 했지만 그는 개의치 않았다. 요리에 단단히 재미가 들었던 터라 다른 것은 중요하지 않았다.

이후에는 오리엔탈 레스토랑인 '실크 스파이스' 일식 총책임자로 근무했다. 그가 일했던 정통 일식 음식점과 확연히 다른 곳이었다.

타이, 몽골, 일본 등 세 가지 콘셉트로 젊은 층을 겨냥한 퓨전 레스토랑이었다. 그는 여태껏 해 왔던 정통 일식으로 메뉴를 짰다. 매출은 저조했다. 손님들은 여전히 타이와 몽골 음식을 선호했고 일식은 팔리지 않았다. 요리 인생 구 년 만에 벽에 부딪혔다. 항상 어디를 가나 주목받고 칭찬만 받았던 그였기에 더욱 혼란스러웠다. 해마다 계절에 맞추어 반복되는 일식에 지겨움을 느꼈고, 옛날처럼 요리에 대한 열정이 샘솟지도 않았다.

언제까지 슬럼프에 빠져 살 수는 없었다. 그는 휴가를 내고 일본으로 떠났다. 일본에 있는 '몬순'이라는 레스토랑을 본 따 '실크 스파이스'를 만들었다는 이야기를 들었기 때문이었다. 그는 직접 그곳에서 파는 음식을 맛보고 싶었다. '몬순'의 일식은 충격적이었다. 그가 생전 듣지도 보지도 못한 메뉴들이 옛 열정을 되살렸다. 유희영의 창작일식이 태동하는 순간이었다.

창작요리는 재료의 조화를 찾는 것

유희영은 한국에 돌아오자마자 메뉴를 새로 만들었다. 정통 일식은 버리고 일본에서 보고 온 음식들을 바탕으로 메뉴를 짰다. 이윽고 오코노미야키, 타코야키, 캘리포니아롤 등을 국내에 처음 선보였다. 결과는 성공적이었다. 그간의 부진을 보상이라도 하듯 그가 만든 메뉴는 레스토랑에서 인기를 독차지했다. 새 메뉴를 선보이면서부터 일식 메뉴는 모조리 매진이었다. 그만의 독창적인 메뉴를 개발하기도 했다. 일본에서 보았던 야키소바를 떠올리며 야키우동을 만들었다. 당시 그가 개발한 야키우동은 소위 대박이 나서 이제는 여러 일식당의 보편적인 메뉴로 자리 잡았다.

힐튼호텔 양식 조리장이었던 장용섭 셰프도 그에게 큰 영감을 주었다. 그는 장용섭 셰프에게 배운 양식을 바탕으로 일식과 퓨전한 새 메뉴를 개발했다. 창작일식을 통해 요리에 다시 재미를 붙인 그는 새로운 교훈을 얻었다. 그전까지 그가 일했던 레스토랑의 주 고객층은 대부분 오십 대였기에 그들의 입맛에 맞는 정통 일식을 고수했다. 반면 '실크 스파이스'의 주 고객층은 연령대가 그보다 훨씬 낮았다. 양쪽을 모두 경험한 그는 손님들의 입맛과 요구에 맞춘 메뉴 개발의 필요성을 절감했다.

'실크 스파이스'는 요리사로서 다양한 실험을 할 수 있는 곳이었지만 그는 만족하지 못했다. 타이와 몽골 음식이 주력 메뉴였기에 원하는 대로 요리를 개발할 수 없었다. 그는 일식 단일 업장에서 제대로 창작요리를 하고 싶었다. 결국 '실크 스파이스'를 그만두고 일본으로 떠났다. 딱히 무엇을 배우려고 간 것은 아니었다. 외국인이 특유의 전통과 사연이 담긴 일식을 제대로 만들어 내기란 애초부터 불가능하다고 생각했다. 음식도 결국 하나의 문화였다. 일본 사회의 전반적인 분위기를 이해하고 그 흐름을 읽어 내는 것이 바로 그가 해야 할 일이라 여겼다. 유희영은 자기만의 식문화를 창조하고 싶었다. 그것이야말로 자신을 표현하는 방법이자 수단이었기 때문이다.

이후 유희영은 청담동 소재 레스토랑 '누보'에서 창작일식을 마음껏 만들었다. 자기만의 시선으로 재료를 바라보며 새로운 메뉴 개발에 주력했다. 하지만 레스토랑 영업은 생각만큼 잘 되지 않았다. 마니아들은 꽤 있었지만 완벽하게 대중을 사로잡기에는 부족하다고 느꼈다. 그는 원점에서 다시 고민했다. 그리고 이렇게 정의 내렸다.

'창작요리는 재료의 조화를 찾는 것이다.'

재료와 재료의 조화, 소스와 재료의 조화, 불의 세기를 결정하는 타이밍……. 이 모든 것의 조화가 칼날 위에 선 듯 딱 맞아떨어질 때, 팽팽한 긴장감이 느껴지는 그때, 비로소 창작요리가 완성되는 것이다.

조화가 중요하다는 것을 깨닫는 순간, 놓쳤던 것을 다시 잡았다. 정통 일식이었다. 그가 만드는 요리의 기본을 놓쳐서는 안 되었다. 정통 일식의 틀 안에서 조화를 이루는 창작요리를 만들기로 했다. 그리고 나름의 기준을 정했다. 음식을 일본 요리 방식으로 만들거나, 일본에서만 나오는 재료를 쓰거나, 일본풍 소스를 쓰거나……. 그중 적어도 하나는 걸치고 창작요리를 만들기로 했다.

문어 한 마리로 대중을 사로잡다

본격적으로 요리 스타일이 잡히자 유희영은 방송에도 얼굴을 내비치기 시작했다. 그처럼 창작요리를 하는 요리사가 흔치 않던 시절이었다. 그러던 중, SBS〈결정! 맛대맛〉이라는 프로그램에서 연락이 왔다. 당시 큰 인기를 누리던 간판 요리 프로그램이었다. 매주 주재료 두 개가 정해지고 두 팀으로 갈려 요리를 한 뒤, 패널 아홉 명이 먹고 싶은 요리를 선택해 승패를 가르는 방식이다. 그때 그는 '누보' 레스토랑 2호점 개업 준비를 하느라 바빴다.

"주꾸미 대 문어예요. 주꾸미 팀 요리사는 구했는데 문어 팀은 아직 못 구했어요. 방송일이 당장 내일 모레인데, 다들 문어는 요리할 방법이 따로 없다고 손사래만 쳐요. 유희영 셰프님, 한 번만 도와주세요."

방송을 몇 번 함께하며 친해진 방송작가였다. 패널도 다 정해졌는데 문어 쪽 요리사를 구하지 못했다며 우는소리로 사정했다. 그도 그럴 것이 문어는 요리하기 힘든 재료였다. 조직이 치밀해서 간도 잘 배지 않고, 조금이라도 오래 익히면 질겨서 조리를 할 수도 없다. 그래서 탕에 넣거나 초고추장에 찍어 먹는 게 전부인 재료였다. 반면, 주꾸미는 문어와 같은 연체동물이지만 간도 잘 배고 오래 익혀도 부드러우며 튀김으로 내놓아도 수분이 촉촉해서 다양한 메뉴에 쓰였다. 결과는 쉽게 예측할 수 있었다. 유희영은 애초부터 이

승부에서 질 수밖에 없다고 예상했다.

월요일이 촬영일인데 금요일 저녁에 연락을 받았다. 토요일에 매장 개업 행사를 앞둔 터라 바빴지만 방송작가와의 친분을 생각해 하는 수 없이 허락했다. 행사를 준비하느라 정신없는 와중에 전화통이 불이 났다. 방송국에서 자막을 써야 하니 요리 이름이라도 알려 달라고 재촉하는데, 그는 무엇을 요리할지 정하지도 못한 상태였다. 저녁 늦게 행사가 끝나고 그는 노량진 수산시장에서 문어를 두 마리 사왔다. 너무 피곤한 나머지 노트에 스케치만 해놓은 채 잠이 들었다. 그리고 다음 날 매장을 촬영하는 카메라 앞에서 요리를 시작했다.

유희영의 요리 콘셉트는 문어 한 마리로 코스 요리를 만드는 것이었다. 애피타이저, 샐러드, 주요리 두 가지, 면 요리, 디저트……. 모든 것을 문어를 주재료로 만들기로 했다. 코스의 첫 요리인 애피타이저는 문어를 아주 얇게 썰어 접시에 깐 다음, 새콤하게 버무린 쑥갓을 넣고 후추와 초간장을 살짝 뿌렸다. 그리고 포도씨유와 참기름을 절반씩 섞은 소스를 바글바글 끓여 요리에 끼얹었다. 샐러드는 제일 부드러운 부위인 다리 끝만 사용했다. 삶은 문어 다리에 발사믹 소스, 데리야키 소스, 올리브유, 드레싱을 만들어서 뿌리고 루콜라*로 버무렸다. 접시에 담아 낼 때는 유채꽃 잎을 자연스럽게

---

*   Rucola, 이탈리아 요리에 많이 쓰이는 채소

뿌려 장식에도 신경을 썼다.

첫 번째 주요리는 짜조*에서 모티프를 얻었다. 으깬 닭고기와 두부, 문어의 몸통과 내장을 잘게 썰어 반죽한 것을 라이스페이퍼 속에 채운 다음 튀겨 내 소스와 채소를 곁들였다. 두 번째 주요리는 '문어 먹물 파스타'였다. 먹물로 반죽한 페투치니**를 커리 소스와 함께 볶아서 만들었다. 마지막 주요리는 초밥이었다. 머스터드, 마요네즈, 타바스코로 매콤 새콤한 맛의 소스를 만들고 꼬들꼬들한 문어 빨판과 비벼 김을 두른 초밥 위에 얹은 군함 초밥을 만들었다. 코스의 마지막을 장식할 디저트는 '먹물 아이스크림'이었다. 머랭***에 생크림을 휘핑한 뒤 달걀노른자와 먹물, 설탕을 함께 섞어 냉동시켰다.

방송 당일, 유희영은 아무 기대도 하지 않고 프로그램에 출연했다. 그저 문어 한 마리만 통에 담아 갔다. 승자의 요리는 패널들이 먹을 수 있게끔 재료가 넉넉해야 했지만, 이길 것을 예상하지 않았기에 준비하지 않았다. 상대 팀은 철판볶음, 연탄구이 등 대중적인 메뉴들을 준비했다. 방청객들은 주꾸미 팀에 환호했고 유희영의 요리가 나올 때는 다들 웅성이기만 했다. 대중들에게는 그의 요리가 낯설었을 것이다. 패널들에게도 주꾸미가 훨씬 인기 있는 듯 보였

---

*   Cha Gio, 베트남식 만두
** Fettucine, 납작하게 자른 파스타 면
*** Meringue, 설탕을 넣고 휘저어 거품을 낸 달걀흰자

다. 그런데 쉬는 시간에 그의 레스토랑 단골손님이었던 진행자가 다가와 이렇게 귀띔했다.

"제가 이 일을 오래 해 봐서 아는데요, 왠지 희영씨가 이길 것 같아요. 희영씨 요리를 선택한 사람도 꽤 있어요."

그는 '설마?' 하는 생각으로 결과를 기다렸다. 주꾸미 팀은 이미 패널들이 먹을 음식을 요리하고 있었다. 드디어 선택의 시간이 다가왔다. 진 팀을 선택한 패널들이 들고 있는 냄비가 터지는 식으로 결과가 발표되었다. 패널 아홉 명은 저마다 냄비를 꼭 붙잡고 눈을 질끈 감았다. 시간이 흘러도 냄비는 터지지 않았다. 방송 사고인가 싶었던 순간, 놀라운 결과가 발표됐다. '9:0', 패널 아홉 명이 모두 유희영의 요리를 선택했다. 그의 완벽한 승리였다.

방송이 나간 후 그가 몸담은 레스토랑에 문의 전화가 쇄도했다. 시청자들은 그의 요리를 직접 맛보고 싶어 했다. 결국 계획에도 없던 메뉴를 판매하기 시작했다. 애피타이저, 라이스페이퍼 롤, 커리 파스타는 곧 레스토랑의 인기 메뉴가 되었다. 그때부터 유희영은 유명세를 탔다. 그의 이름 앞에 '9:0의 불패신화'라는 수식어가 붙었다. 대중들이 방송을 계기로 그의 창작요리에 지대한 관심을 보이면서 그는 스타 셰프가 되었다.

누구도 시도하지 않았던 요리책

어느 정도 이름이 알려지자 유희영은 욕심이 났다. 더 많은 사람들에게 자신의 요리를 선보이고 싶었다. 그는 요리하는 사람이 행복해야 먹는 사람도 행복해진다고 믿었다. 그리고 그의 행복이 담긴 요리를 맛본 많은 사람들이 행복해지길 원했다. 하지만 한곳에서만 요리하는 요리사로서 그만의 이야기가 담긴 특별한 요리를 널리 퍼뜨리기엔 역부족이었다. 케첩이라는 소스를 만들어 전 세계적 명성을 떨친 하인즈(Henry James Heinz)처럼 유희영 자신을 브랜드화해 자신의 요리, 자신의 소스를 알리고 싶었다.

그는 '누보'를 그만두고 컨설팅 회사를 차렸다. 자신의 요리와 소스를 전문적으로 판매할 물류회사와 계약을 성사시켰다. 그리하여 유희영의 새로운 요리 인생이 시작되었다. 소스 백 인분을 만들더라도 변함없는 맛을 내기 위해 밤을 새고, 고급스럽고 독특한 요리보다 대중적인 입맛을 사로잡을 수 있는 요리를 연구했다. 그렇게 만들어진 요리들은 꽤 많은 프랜차이즈 레스토랑에 팔렸다.

하지만 유희영은 곧 이런 방식에 회의를 느꼈다. 그가 힘들게 개발한 요리는 그의 이름을 달지도 못하고 팔려 나갔다. 그가 만든 메뉴들이 프랜차이즈 레스토랑에서 붐을 이루었지만, 아무도 누가 그 요리를 만들었는지 신경 쓰지 않았다. 뿐만 아니라 그가 요리를 개발했다는 사실을 알리지 않는다는 조건을 달고 계약한 레스토랑도 있었다. 그들은 그의 요리를 상업적으로 이용하려고만 할 뿐 가치를 인정해 주지 않았다. 마치 요리사라는 이름조차 내세우지 못하는 어시스트가 된 기분이었다. 그의 요리, 그의 이야기를 알리려던 당초 계획과는 거리가 멀어졌다.

결국 유희영은 책을 쓰기로 결심했다. 그가 만든 요리와 소스에 그의 이름표를 붙여 주고, 무엇보다 그의 이야기를 사람들에게 들려주기를 바랐다. 그는 요리사의 정석을 차근차근 밟으며 오늘의 자리에 올랐다. 주방 청소에서 시작해 냄비 닦기, 재료 다듬기와 같은 일들을 오랜 시간 견뎌 낸 후에야 처음으로 만들 수 있었던 그만의 요리, 그렇게 힘든 시간을 겪으면서 탄생한 그만의 요리 철학을 사람들에게 전하고 싶었다. 그는 단순히 레시피를 소개하는 요리책이 아닌, 그의 요리 인생을 총망라할 수 있는 책을 구상했다.

남들과 다른 요리책을 목표로 삼아서인지 출판사와 계약을 맺기까지 꽤 애를 먹었다. 출판사 편집자들은 그의 요구사항을 듣자마자 손사래를 쳤다. 당시 그가 요구한 조건은 파격적이었다. 첫째 조건은 그가 직접 쓴 에세이가 들어가야 한다는 것, 둘째는 요리책 표지에 그의 사진을 싣는 것, 그리고 양장본이어야 한다는 것이었다. 과연 레시피를 보기 위해 요리책을 구입하던 독자들이 그 책을 사 보겠는가? 게다가 판매 가격이 훌쩍 올라가는 양장본을 말이다. 하지만 그가 양장본을 고집한 데는 이유가 있었다. 그가 기획한 책은 단순한 레시피 책이 아니었다. 주방 옆에 놔두고 소스나 음식 부스러기를 흘려도 되는 레시피 책이 아닌, 두고두고 소장 가치가 있는 책을 만들고 싶었다. 또한 그와 같은 길을 꿈꾸는 후배들에게 나침반이 되어 줄 책이기를 바랐다.

총 여섯 군데 출판사에 거절을 당하고 나서야 그는 한 출판사에서 겨우 책을 낼 수 있었다. 사장은 계약을 하고 나서도 몹시 걱정을 했다. '과연 이런 요리책이 대중들에게 팔릴까? 요리사의 사진과 에세이가 실린 양장본 요리책이라니.' 누구도 시도하지 않았던 요리책이었다. 하지만 그는 자신을 믿었다. 유희영의 요리책이니 그의 사진이 들어가는 게 당연하며, 요리를 보여 줘야 하니 그에 맞는 이야기를 들려주는 것이 맞았다. 사람들의 우려와 달리 책 판매는 성공적이었다. 요리책은 1쇄도 다 팔기 어렵다지만 그의 요리책은 5쇄를 넘겼다. 유희영의 이야기가 독자들의 공감을 얻은 것이다.

곧이어 그는 컨설팅 회사를 그만두었다. 혼자 개발실에 앉아 조금씩 만들다 쓰레기통에 버리는 것은 그에게 맞는 요리 방식이 아니었다. 주방에서 지낸 십오 년이 그리웠다. 연극의 세 가지 요소인 무대, 배우, 관객처럼 요리에도 빼놓을 수 없는 요소가 있다. 무대의 역할을 하는 레스토랑이 있고, 배우의 역할을 하는 요리사가 있다. 배우가 무대에 연극을 올리듯 요리사는 주방에서 요리를 한다. 요리를 만들면서 느끼는 긴장감, 재미, 그리고 정성스럽게 만든 요리를 먹어 주는 관객인 손님. 요리를 먹고 난 뒤 바로 들을 수 있는 피드백. 그런 요소들이 그를 다시 레스토랑으로 돌아가게 했다. 그는 다시 한 번 깨달았다. 요리사는 레스토랑에서 일을 해야 하고 직접 음식을 만들어야 한다는 것을. 그 소중한 깨달음을 바탕으로 그만의 요리를 할 수 있는 레스토랑을 열기로 결심했다.

'유노추보(Uの判房)'의 탄생

유희영은 십 년 동안 창작요리를 해 왔다. 그런데 창작요리 전문 레스토랑을 개업하기 전에 반드시 해결해야 할 문제점이 있었다. 바로 보편성이었다. 비 오는 날에는 파전에 막걸리, 더운 날에는 냉면 한 그릇, 추운 날에는 뜨끈한 설렁탕. 이런 식으로 사람들의 뇌리에 박힐 만한 요리가 필요했다. 그동안 그의 창작요리는 대중적 인기보다는 마니아들 사이에서 통용됐다. 게다가 일식의 요리 범주는 사람들의 발걸음을 끌기엔 다소 역부족이었다. 누구나 쉽게 레스토랑에 들어와 요리를 맛볼 수 있게끔 문턱을 낮추고, 보편적인 요리를 만드는 것이 첫 번째 과제였다.

며칠을 고민하던 끝에 그는 일본의 대표적인 서민 요리인 라멘을 레스토랑 간판 메뉴로 정했다. 일본 라멘이 우리나라에 막 소개되던 때였다. 유희영은 일본 라멘이 곧 선풍적인 인기를 끌 것이라고 예상했다. 물론 반대도 많았다. 일급 호텔 요리사였던 그가 다소 평범한 요리로 평가받던 라멘을 만드는 건 말도 안 된다며 다들 말렸지만 그의 신념은 확고했다. 요리의 질은 그가 만드는 것이었다.

그는 우리나라 사람들의 입맛에 잘 맞는 육수를 개발했다. 순댓국 육수에 착안해 돼지머리, 닭발, 돼지 사골, 닭 뼈와 소 사골을 조금 넣고 대파 뿌리의 파란 부분, 생강, 마늘, 통후추, 계피를 첨가해 끓였다. 그렇게 만든 육수는 우리나라 사람들이 거북함을 느끼던 일본 라멘 특유의 노린내가 없었다. 그는 라멘을 주메뉴로 정하고, 나머지 메뉴들은 그동안 만들었던 갖가지 창작요리로 짜 냈다.

다음은 그의 요리를 좋아할 만한 사람들의 연령층을 정했다. 이십 대 중반에서 삼십 대 초반 여성, 직업으로 따지면 금융권보다는 잡지사나 디자인 회사에 몸담고 있는 프리랜서, 그리고 트렌드에 민감한 사람들이 즐겨 찾는 동네를 물색했다. 서울 시내 구석구석, 어지간한 상권을 일일이 돌아다니며 몇 군데 장소로 압축했다. 그 중 신사동 가로수길이 레스토랑 개업 장소로 가장 유력했다. 당시 가로수길은 지금처럼 번화하지 않았다. 음식점은 이탈리아 레스토랑 몇 군데와 치킨집이 다였다. 대신 가로수길에는 작은 잡지사와 디자인 회사가 모여 있었고, 아기자기한 소품을 파는 가게와 편집숍이 많았다. 그는 심사숙고 끝에 가로수길에 레스토랑을 열기로 마음먹었다.

레스토랑 콘셉트에도 신중을 기했다. 그는 요리를 예술이라고 생각한다. 요리는 먹는 사람에 대한 배려가 담긴 가장 인간적인 예술이다. 그러한 예술을 창조하는 요리사 유희영의 주방, 그리고 그가

만들어 낸 예술을 사람들이 직접 보고 먹고 느낄 수 있는 갤러리…… 그것이야말로 유희영의 요리 철학에 가장 맞아떨어지는 콘셉트였다. 그는 '유가의 주방'을 떠올렸다. 그리고 일식 전문점답게 레스토랑 이름을 '유노추보(U の 廚房)'로 결정했다.

레스토랑 위치는 한적한 뒷골목을 선택했다. 주위를 둘러볼 새도 없이 바쁘게 이동하는 행인들과 자동차 소음이 가득한 대로변에 비해, 뒷골목은 누구나 여유롭게 걸어 다니며 구경하기도 용이했다. 그는 레스토랑에 전면 유리창을 설치하고 날씨가 좋을 때는 창문을 활짝 열 수 있도록 인테리어 했다. 레스토랑 앞을 지나던 사람들이 안쪽을 구경할 수 있게 한 것이다. 주방도 손님들이 음식을 만드는 과정을 직접 살펴 볼 수 있게 개방형으로 만들었다. 또 요리하는 냄새가 입맛을 자극하면서 호기심을 부추기는 의도였다.

그릇 선택도 중요했다. 그는 이천 사기막골 도예촌을 뒤져 생활자기를 만들어 내는 '산 아래 작업실'과 인연을 맺고 있었다. 메뉴 개발을 할 때마다 그에 어울리는 새로운 그릇을 디자인하고 주문해 온 곳이다. 그는 그들과 상의해 '유노추보'와 가장 잘 어울릴 만한 그릇을 골랐다. 백자 바탕에 옅은 채색이 된 그릇이었다. 깔끔한 느낌을 주는 식기는 창작요리를 돋보이게 하고 사람들의 시선을 모을 것이라 생각했다.

'유노추보' 개업은 성공적이었다. 한 시간 이상 대기해야 음식을 먹을 수 있을 정도로 손님이 많아 예약을 받는 것조차 빠듯했다. 특히 그가 고집한 라멘은 '유노추보'를 널리 알리는 데 톡톡한 몫을 했다. 백육십 리터짜리 통 두 개에 라멘 육수를 뽑아내면 하루 만에 다 팔렸다. 한편, 그는 레스토랑 메뉴를 자주 바꿨다. 삼 개월에 한 번씩 주력 메뉴 이외에 다양한 창작요리를 선보였다. '유노추보'는 불과 육 개월 만에 가로수길 유명 맛집으로 자리 잡았다.

얼마 후 그는 레스토랑 앞 건물이 빈다는 소식을 듣고 곧장 달려가 계약을 맺었다. '유노추보 스시'를 열기 위해서였다. 스시 메뉴를 선보이고 싶은 욕심이 났지만 하루 종일 육수를 끓여야 하는 '유노추보' 주방은 날생선을 요리하기에 적절하지 않았기에 인근에 공간을 따로 낸 것이다. '유노추보 스시'는 '유노추보'보다 주 고객 연령층을 약간 더 높게 잡았다. 삼십 대 중반에서 사십 대 중반이 타깃이었다.

레스토랑 콘셉트도 '유노추보'와 완전히 다르게 구상했다. '유노추보'는 개방형 레스토랑으로 공간이 트여 있어 밖에서도 음식을 먹을 수 있었고 시끌벅적한 분위기였다. 하지만 '유노추보 스시'에 올 만한 사람들은 그런 분위기를 즐기지 않을 것이라고 생각했다. 그는 천장이 낮은 건물을 보고 '아늑한 아지트'를 생각했다. 나무로 천장을 둥글게 만들고 한쪽 벽은 돌로 꾸몄다. 지하 동굴 속 아지트처럼 따뜻한 느낌의 레스토랑이 완성됐다. 그가 선보인 스시는 일반적인 스시와 또 달라 대중의 관심을 모았다.

대중문화를 읽는 요리사

유희영은 음식점 두 곳을 개업한 오너 셰프다. 그는 자신의 창작 요리가 성공할 수 있었던 비결로 '문화 읽기'를 꼽는다. 그리고 요리 사들이 문화적 감수성을 키워야 한다고 말한다. 그래야 대중들이 보고 듣는 것이 무엇인지 알 수 있기 때문이다. 유희영은 다양한 취미 생활을 즐긴다. 고등학교 때부터 음악을 좋아해 모은 음반은 이천 장, 엘피(LP)판은 천 장쯤 된다. 요리 사진을 직접 찍기 위해 사진도 시작했다.

"요리를 하는 사람은 문화생활을 많이 해야 합니다. 다양한 사상을 쉽게 받아들이고 새로운 문화에 적응력을 키워야 하죠. 자신만의 시각으로 문화를 읽고 몸에 익힌 감각이 요리로 나옵니다."

요리사들은 포물선 그래프에서 포물선의 정점에 있는 맛을 추구한다. 유희영은 '많은 사람들이 공감할 수 있는 맛'이 바로 그 정점이라고 생각한다. 따라서 가장 대중적인 입맛을 찾는 과정을 무엇보다 중요하게 여긴다.

"날이 제대로 선 칼처럼 자신을 갈고 닦아 언제나 준비된 자세로 문화를 바라보고, 파고들 때는 예리하게 파고들어야 진정한 요리사가 될 수 있다고 저는 믿습니다."

Chef's Story

7

역사를 알면 맛이 보인다

여 경 옥

롯데호텔 도림 조리이사

"

일희일비하지 않는 것,
묵묵히 자기 일을 하는 것,
그것을 깨우친 것이 나의 성공입니다.

"

여경옥

1963년 출생 | 1984년 신라호텔 입사 | 1995년 신라호텔 중식당 '팔선' 주방장 | 1997년 서울 시티클럽 중식 담당 주방장 | 2001년 중국 동방미식 세계요리전 개인전 금상 | 2002년 말레이시아 세계요리대회 개인전 은상 | 2003년 『신라호텔 주방장 여경옥의 중국요리』 출간 | 2006년 『2000원으로 중국요리 만들기』 출간, 중국 '소주호텔(建屋新羅酒店)' 총주방장 겸 식음 담당 | 2007년 '루이' 개업 | 2008년 『여경옥의 명품 중국요리』 출간 | 2010년 『오너 셰프 레시피』 출간, CJ 중식당 '차이나 팩토리' 기술 자문 | 2013년 현재 롯데호텔 중식당 '도림' 조리이사

취재 및 집필 **박영란**(소설가, 장편 『영우한테 잘해줘』 등)

"형! 나, 면 삶았어. 형, 듣고 있어?"

여경옥은 주방에 들어서는 매 순간 설렌다. 처음 면을 삶던 그날처럼. 1978년, 여경옥은 연희동에 있는 '한성화교학교'를 졸업하자마자 중식당에 취직했다. '한성화교학교'는 중학 과정이었다. 그는 고등학교에 진학하는 대신 영등포 번화가에 있는 중식당 '소복정'에 취직했다. '소복정'은 주방에만 사십여 명이 일하는 큰 식당이었다. 열여섯 살짜리 신출내기였던 그는 온갖 힘들고 잡다한 일들을 도맡았다.

새벽마다 사십 킬로그램이 넘는 석탄 부대를 날랐다. 당시 중식당 화덕은 석탄을 뗐다. 높이가 약 일 미터에 이르는 화덕이었다. 아침저녁 주방장이 사용한 석탄재를 꺼내고 새 석탄을 채워 넣어야 했다. 연탄 오십 장에 달하는 분량이었다. 주방장이 석탄에 불을 붙이면 석유보다 더 센 불길이 활활 타올랐다. 주방장이 화덕 앞에 서서 불길에 휩싸인 웍*을 자유자재로 돌리는 것을 보면서 어린 그는 막연하게 '멋지다' 생각했다. 언젠가 자신도 화덕 앞에 서서 멋지게 무쇠 팬을 돌리리라. 하지만 주방에 갓 들어온 열여섯 살 소년이 프라이팬을 잡는 것은 너무 먼 일이었다.

여경옥에게 주어진 일들은 웍을 돌리는 멋진 일이 아니라 청소, 설거지, 배달 같은 일이었다. 하지만 불평하지 않았다. 아니, 불평할 수 없었다. 홀로 자식을 키워 온 어머니가 몸져누워 있었다. 형은 그보다 먼저 중식당 주방에서 자리를 잡아 가고 있었다. 하루 열두 시간 이상 근무에 한 달 내내 쉬지 못할 때도 있었지만, 그는 집에 있는 것보다 중식당 주방에서 일하는 시간을 더 좋아했다. 칼, 불, 기름, 화덕, 어마어마한 분량의 요리 재료들……. 화교였던 그도 알아듣지 못할 북경말과 산둥말 요리 용어로 지시를 내리는 나이 지긋한 주방장들의 호통과 함께 정신없이 돌아가는 중식당 주방이 그에게는 도리어 천국이었다.

소년, 첫 면을 삶다

열여섯 나이에 중화요리에 입문하는 것은 당시 화교 출신이 할 수 있는 가장 흔한 선택이었다. 여경옥은 가난한 화교였고, 아버지

---

* Wok. 중국 음식을 볶거나 요리할 때 쓰는 우묵하게 큰 프라이팬

는 안 계셨다. 다른 선택을 할 수 없었다. 하지만 여경옥은 중식당 주방에서 팬을 돌리고 칼을 쓰는 주방장들의 세계에 금방 빠져들었다. 백칠십 도로 펄펄 끓는 기름 팬을 다루는 주방장의 화상투성이 팔뚝도, 퍼렇게 날이 선 칼로 재료를 능숙하게 다루는 칼판장들이 그저 멋져 보였던 것이다.

그가 그토록 동경하던 주방 일이 그 뒤에 혹독한 현실과 오랜 단련을 숨기고 있다는 것을 아는 데 오래 걸리지 않았다. 불과 칼과 팬을 몸에 달라붙은 감각기관처럼 자유자재로 사용하는 주방장들, 기술과 몸이 하나가 되는 경지에 이른 연세 지긋한 주방장들, 그런 주방장들의 무뚝뚝한 말투와 험상궂은 표정에 배인 삶을 알아가기 시작했다.

그러던 어느 날, 주방 선배가 면을 삶아 보라고 했다. 면 삶는 일은 중화요리의 기본이다. 요리의 첫 시작이자 가장 중요한 일이기도 하다. 여경옥은 떨리는 마음으로 끓는 물속에 면을 풀어 넣고 휘저었다. 그동안 어깨너머로 선배들이 면을 삶는 방법을 훔쳐보곤 했다. 그는 선배들의 모습을 기억하며 면이 적절히 익는 시간과 면발이 서로 엉겨 붙지 않도록 휘젓는 기술, 그리고 알맞은 타이밍에 건져 내 찬물에 헹구는 연속 동작을 따라했다. 항상 머릿속으로만 수없이 해 왔던 면 삶는 일을 제 손으로 직접 해 보았던 것이다.

첫 면을 삶고 그는 공중전화로 달려갔다. 그는 신이 나 형에게 자랑했다.

"형, 나 면 삶았어!"

주체할 수 없는 기쁨과 설움이 그 한마디에 담겨 있었다. 형과 그는 전화기 너머로 말없이 숨소리를 주고받았다. 국수를 삶았다는 사실이 지상 최고의 행복이던 시절이었다.

아버지, 그리고 이방인

여경옥은 아버지에 대한 추억이 거의 없다. 아버지는 그가 세 살, 형이 여섯 살 때 교통사고로 돌아가셨다. 아버지는 팔다 남은 채소를 정리하러 도로를 건너다가 사고를 당했다. 그런 기억조차도 어머니나 형에게 전해 들었을 뿐이다. "아버지는 너희들을 아주 많이 걱정하셨다"는 어머니의 말, 간혹 밀전병을 해 주며 아버지가 좋아하던 음식이었다는 어머니의 가르침 속에 살아 있는 아버지는 그와 형에게 보이지 않는 힘이 되었다. 그는 아버지를 그리워하지는 않았으나, 자신이 아버지의 아들이라는 사실을 한시도 잊지 않았다.

아버지는 중국 본토인이었으나 대만 여권을 가진 화교였다. 아버지가 한국으로 건너올 당시에는 한국과 중국의 국교 문제 때문에 대만 여권을 가질 수밖에 없었다고 한다. 그러니 한국에서 아버지 신분은 난민이나 다름없었다. 아버지가 그러했듯, 그 역시 귀화하기 전까지는 이 땅에서 이방인으로 살아 왔다. 그는 자신이 이방인이라는 사실에 덤덤했다. 중국어에도 한국어에도 능통하지만 자신을 중국인이나 한국인 어느 한쪽으로 규정하지 않았다. 그는 중식당 주방에서 줄곧 일해 왔고, 그 중식당은 한국에 있었다. 한국은 아버지에게는 낯선, 그래서 어떻게든 익숙해지려고 애써야 하는 땅이었지만 그에게는 태어나 자란 땅이었다. 여경옥의 어머니는 한국인이었다. 아버지가 일찍 돌아가신 탓에 여경옥은 외가 친척들 틈에서 자라났다. 그런 그에게 한국, 중국을 가르는 것 자체가 무리일지 모른다.

"어느 쪽이 더 영혼을 끌어당기는 땅입니까?"

여경옥은 오래 생각하지 않았다.

"외국 출장에서 돌아와 인천공항에 내리면 비로소 마음이 편안해집니다."

여경옥에게 한국은 그런 곳이다. 반면, 중국은 그에게 설렘을 주는 땅이다. 그는 중국에 갈 때마다 약간 흥분하곤 한다. 아버지의 땅, 아버지가 태어난 땅, 아버지가 떠나 온 땅, 그리고 장성한 그가 다시 찾아가는 땅, 중국은 그에게 그런 의미다.

여경옥은 2005년에 귀화했다. 귀화는 현실적인 선택이었다. 자신뿐만 아니라 자신의 아이들이 더 이상 이방인 신분으로 떠돌게 두고 싶지 않았기 때문이다.

자신감을 무너뜨린 호텔 중식당

스물두 살이 되던 해, 여경옥은 신라호텔 중식당에 입사했다. 그간 제법 큰 중화요리점에서 오륙 년간 경력을 쌓았다. 요리하는 일에 자신감이 붙었고, 젊은 그는 혈기왕성했다. 그 무렵 중화요리 업계는 그야말로 '르네상스'를 구가하고 있었다.

한국은 1960년대 이후 경제 발전과 더불어 외식산업이 발전하기 시작했다. 그 분위기를 타고 중화요리점들은 최고 부흥기를 맞았다. 중화요리점은 기업이나 정부 소속 고위 간부들의 비밀 회합 장소이기도 했고, 정상급 연예인들의 아지트로도 유명했다. 지금은 문을 닫았지만 1920년대 초에 문을 연 전설적인 중식당 '아서원'은 매주 수요일 저녁 국내 주요 경영인의 회동 장소로 이용되었고, 재벌가 며느리가 신부 수업을 받던 곳이었다. 그런 분위기 속에서 특급호텔에 중식당들이 생겨나기 시작했다.

1979년, 명동 사보이호텔 내 '호화대반점'을 시작으로 현재까지 최고의 위치를 고수하고 있는 신라호텔 중식당 '팔선'이 문을 열었다. '팔선'은 당시 일본 오쿠라호텔과 기술 제휴를 통해 광둥요리를 선보이면서 상어지느러미 요리나 불도장 같은 중국 요리를 소개해 고급 중화요리의 대중화를 이끌었다. 그때 확산된 요리들은 대부분 광둥요리였다. 광둥요리는 튀기는 것보다 찌는 요리가 많아 기름지지 않고, 고기보다 해산물로 만들어 부담스럽지 않아 대중적인 인기를 얻었다.

1986년 서울아시안게임과 1988년 서울올림픽이 치러지기 전까지 중화요리는 줄곧 부흥을 누렸다. 그러나 아시안게임과 올림픽 이후에는 국내에 돈가스 전문점이나 스테이크 전문점, 패스트푸드점이 우후죽순 생기면서 외식산업의 판도가 달라졌다. 상대적으로 중화요리 업계는 침체기에 접어들었다.

여경옥이 신라호텔에 입사한 1984년은 중화요리가 주도하던 외식산업에도 변화의 바람이 일어, 개인 소유 요리점에서 기업형 요리점으로 변모해 가는 시기이기도 했다. 형은 그런 변화의 바람 속에서 그에게 개인 중화요리점이 아닌 큰 기업에서 제대로 요리를 배워 보라고 권했다. 그런 형의 권유를 받아들여 신라호텔 중식당에 입사한 것이다.

하지만 기대와 달리 신라호텔 입사는 그에게 예상치 못한 혼란을 안겨 주었다. 그가 경력을 쌓은 일반 중식당에서는 주방장 위주로 메뉴를 짜고 요리를 했다. 주방장이 재료를 고르고 단가를 결정하고, 어떤 요리를 만들어 제공할지 결정해 메뉴에 올리는 일까지 전권을 쥐고 있는 곳이었다. 달리 말해 공급자 위주였다. 그래서 주방장의 통솔 아래 맛있게 요리를 만들기만 하면 되었다. 하지만 호텔은 달랐다. 호텔은 철저하게 고객 위주로 모든 것이 운영되었다. 고객 서비스가 최선의 가치였다. 고객의 입맛과 취향에 맞춘 요리만이 메뉴에 살아남을 수 있었다.

그는 혼란스러웠다. 주방장의 결정이 모든 요리의 전부이던 일반 중식당과 소비자의 구미에 맞춘 호텔 중식당 사이에서 깊은 수렁에 빠져드는 기분을 느꼈다. 열여섯 살에 시작해 스물두 살이 될 때까지 한눈팔지 않고 오직 중화요리에만 집중해 배우고 익힌 모든 것이 별안간 아무것도 아닌 것으로 받아들여지는 상황을 견디기 힘들었다. 그간 쌓아 온 요리 실력도 호텔에서는 인정받지 못했다.

그가 처음 요리를 배우기 시작한 일반 중식당에서는 개념이나 체계보다는 요리사의 손맛과 미각, 선배 주방장들이 전수해 주는 요리법과 오랜 단련으로 요리를 익혀 왔는데, 호텔은 달랐다. 호텔은 구체적인 매뉴얼, 시스템, 인력 운영 등 이른바 '기업 마인드'로 움직이는 곳이었다. 일반 중식당에서는 사람과 정, 그리고 주방장의 통솔력과 특유의 요리 스타일이 우선이었지만 호텔에서는 엄격한 조직 생활이 더 중요했다. 달라진 상황에 적응하면서 그는 방황했다. 그때 처음으로 자신이 하는 일에 한계를 느꼈다.

중화요리 업계의 위기와 교훈

그에게는 형 '여경래'가 있었다. 형은 여경옥을 중화요리사의 길로 이끈 사람이자, 방황의 순간마다 힘이 되어 준 선배였다. 가정에서는 아버지나 다름없는 존재였다. 신라호텔 입사 후 그가 겪은 슬럼프를 벗어나는 데에도 형이 큰 힘이 되었다.

'이곳에서 적응하지 못하면 세상 어느 곳에서도 적응할 수 없다.'

여경옥은 마음을 다잡았다. 먹고 살기 위해 어린 나이에 중화요리에 발을 들였고, 그곳에서 육 년간 경력을 쌓았다. 다른 일은 생각조차 할 수 없었다. 그의 신분, 가난, 주방에서 보낸 시간들을 되돌릴 수는 없었다. 더 이상 물러설 수 없었다.

그는 신라호텔 주방에서 중화요리의 기본기와 노하우를 처음부터 다시 익혀 나가기 시작했다. 외국으로 벤치마킹 나가는 기회를 놓치지 않았으며, 어린 나이부터 주방에서 일하느라 소홀했던 공부를 다시 시작했다. 검정고시를 치러 디지털대학에 입학했다. 그곳에서 호텔학과 외식관련학을 전공했다. 그러면서 신라호텔의 기업형 요리업에 적응하고 스스로 성장해 나갔다. 그리고 호텔 입사 후 불과 십 년 만에 주방장 자리에 올랐다.

하지만 그가 신라호텔에서 낯선 조직과 새로운 환경에 적응해 가고 있을 무렵, 국내 외식 산업의 판도는 달라져 가고 있었다. 중화요리는 차츰 대중들에게 외면받기 시작해 주택가 골목상권으로 밀려났다. 그가 근무한 신라호텔 같은 기업형 중화요리점들은 간신히 명맥을 유지하며 새로운 길을 모색했다. 과거에 유명세를 탄 여러 중식당에서 배출한 수많은 요리사들 역시 여러 방식으로 앞길을 헤쳐 나갔다.

만일 신라호텔에 입사하지 않았다면, 그도 몰락해 가는 중화요리점의 요리사들처럼 사라져 갈 운명에 처했을지도 모를 일이었다. 그는 신라호텔에서 중화요리 연구에 열정을 쏟아부었다. 국제 요리 감각을 익히려고 노력하는 한편, 중화요리의 기본기와 역사를 새롭게 배우고 실력을 다졌다. 그리고 자신의 요리법을 창조해 나갔다. 그에게 중화요리는 생활과 인생, 전체였다. 그는 신라호텔에서 일하는 동안 자신의 변화와 성장을 이렇게 설명한다.

"내가 만드는 요리를 설명할 수 있게 되었어요. 어떻게 이런 맛이 나는지, 왜 이런 모양으로 선배들이 만들어 왔는지…… 단순히 맛있고 보기 좋은 한 가지 요리가 아니라 그 요리가 어떻게 생겨났으며 어떤 과정을 거쳐 지금에 이르렀는지, 그 역사에 대해 설명할 수 있게 된 겁니다."

심사위원의 입맛을 사로잡은 '석류만개'

1995년, 여경옥은 세계요리대회 출전 기회를 얻었다. 그는 자신감에 차 있었다. 호텔에 입사한 후 한시도 쉬지 않고 요리를 연구해 왔고 인정도 받았다. 하지만 결과는 예상 밖이었다.

"나름대로 자신 있었는데, 입상도 못했어요."

당시 여경옥은 큰 충격을 받았다. 그는 십 년 동안 끊임없이 자신을 연마해 왔다. 그만큼 그는 요리에 자신이 있었다. 국내 중화요리가 세계에서 어느 정도 인정받을까 궁금했고, 시험해 보고 싶었던 차였다. 그런데 입상권에 들지 못했다. 그때 그는 '요리'라는 것이 다만 음식이 아니라는 것을 알았다. 맛있게 만드는 것은 기본 중의 기본이었다. 거기에 재료 문제, 위생, 시간, 독창성 등 요리하는 전 과정이 요리 한 그릇으로 표현되어야 한다는 사실을 깨우쳤다.

"노력과 무관하게 좌절과 고통은 옵니다."

요리대회 입상 실패 후 그는 창피했고 회의했다. 결국 다시 공부를 시작했다. 여경옥은 중국과 대만, 홍콩의 중화요리를 연구하고, 국제적인 감각의 요리법과 스타일에 자신만의 창의성을 살려 나갔다. 그리고 만반의 준비 끝에 출전한 '대만 국제 미식전 단체전'에서 일등으로 예선을 통과하는 기쁨을 맛보았다. 그 후 중화요리 선진국인 대만, 중국, 홍콩에서 개최되는 각종 대회에 참가해 여러 상을 휩쓸면서 국내는 물론이고 중국에도 이름을 알리게 되었다. 그럼에도 불구하고 여경옥은 자신의 이름이 알려지는 분위기에 담담했다. 그에게 중요한 것은 '먹는 이를 만족시키는 요리를 계속 하는 일'이었다.

"누구나 성공과 실패를 경험합니다. 중요한 건 그런 성공과 실패에 휘둘리지 않는 것입니다."

2001년 4월, 여경옥은 중국 '동방미식 세계요리전'에서 금상을 수상했다. 그에게 최고상을 안긴 요리는 '석류만개'였다. 각종 해산물을 넣어 석류를 본뜬 모양으로 맛깔스럽게 만든 요리로 심사위원들의 호평을 받았다. 개최지인 산둥 지방이 내륙인 탓에 해산물을 구하기 어려운 점이 있었다고 그는 회상했다. 요리대회는 심사위원 입맛에 맞추는 것이 관건이기 때문에 순위가 곧 진정한 실력은 아니라는 것을 아는 그였지만 내심 기뻤다. 세계요리대회는 각국에서 초청된 심사위원들이 참여하는 대회다. 따라서 현지에 알맞은 스타일보다는 세계적 기준에 충실한 것이 중요하다. 중국은 오랜 공산주의 체제 때문에 음식 문화가 그다지 발달하지 못했고, 당시 세계적 기준으로 한국 스타일이 손색없었을 것이다. 때문에 자신의 요리가 선택되었다고 그는 분석했다. 그는 요리 앞에서는 늘 겸손할 수밖에 없다고 말한다.

"요리를 하면 할수록 새로운 어려움에 부딪히는 것 같습니다."

여경옥은 맛을 연구하면서 종종 한계를 느꼈다. 하지만 그는 특유의 긍정적인 자세로 슬럼프를 극복했다. 그는 '우물 안 개구리식' '오직 나만의 요리 스타일' '장인 정신을 가장한 아집'을 버리고, 외국의 중화요리를 벤치마킹했다. 이른바 중화요리에도 국제 감각을 적극 도입하기 시작한 것이었다.

"시대에 따라 문화가 변하듯 요리 문화 역시 변하는 것입니다."

그는 변화를 적극적으로 받아들였다.

요리사에게 완벽한 음식이란

"완벽한 음식이란, 만드는 사람이 아니라 먹는 사람이 결정하는 것이지요. 먹는 사람이 행복을 느끼는 요리가 완전한 요리라고 할 수 있습니다."

그가 말하는 '행복'이란 단지 음식 맛이 좋아서 기쁜 것만이 아니라, 마음속 깊은 슬픔을 위로해 주는 것까지 포함한 행복이다. 그가 기억하는 완벽한 음식은 어릴 적 어머니가 만들어 주던 밀전병과 갖가지 김치 요리다. 그의 입맛은 보통 한국인과 조금도 다를 바 없다. 오히려 더욱 한국적이다. 그는 김치찌개, 김치볶음, 김치전 등 김치가 들어가는 음식이 자신의 입맛에 가장 완벽하게 맞는다고 여긴다.

밀전병은 아버지를 추억하는 음식이었다. 아버지가 좋아하던 음식이었고, 아버지가 중국에 있을 때부터 먹어 온 음식이었다. 그에게 밀전병은 단순한 음식이 아니라 아버지의 역사나 마찬가지였다.

"모든 음식에는 역사가 있습니다. 단순한 조리장이 될 생각이 아니라면 자신이 만들고 있는 요리의 역사를 아는 것이 무엇보다 중요합니다. 이를테면 지금 내가 만들고 있는 밀가루 요리는 오래 전 그 지역에 살던 사람들의 역사와 문화, 생활, 눈물과 기쁨이 고스란히 담겨 지금까지 전수되어 온 역사책이나 마찬가지입니다. 자장면 하나를 봐도 그렇습니다."

여경옥이 들려 준 자장면의 역사는 이렇다. 국내 중화요리점의 시작은 인천 제물포가 개항한 1883년으로 거슬러 올라간다. 제물 포항과 가까운 산둥성 출신 중국인 노동자들이 제물포로 몰려오기 시작하면서 산둥요리가 발달한 것이다.

산둥요리는 북방 내륙 지역 음식인 '지난차이'와 해안 지역 음식 인 '자오둥차이'로 나뉜다. '지난차이'는 밀과 옥수수, 육류 등이 주 재료로 쓰인다. 남부 지역에 비해 식재료가 풍부하지 않기 때문에 밀가루만으로 찌고, 튀기고, 굽고, 삶고, 지지고, 볶는 등 다양한 조 리법을 응용해서 만두류, 국수류, 전병류 등 수많은 음식을 만들어 내는 것이 특징이다. 밀가루를 잘 다루는 산둥 사람들이 한국에 와 서 밀가루 면을 뽑아 내고, 중국 춘장으로 채소와 고기를 함께 볶아 먹기 시작하면서 국내에 '자장면'이 알려지게 되었다.

자장면과 달리 밀전병은 그에게 다른 차원의 역사를 가진 음식이 다. 어머니가 만들어 주던 밀전병에는 아버지가 겪은 고난과 추억 이 담겨 있다. 아버지 역시 산둥 지역에서 한국으로 건너온 화교였 다. 산둥 지역 사람들에게 밀전병이란 밥과 같은 것이었다. 아버지 는 중국에서 매일 먹던 밀전병을 한국에 건너와서도 만들어 먹었 을 것이다. 동그랗게 부쳐 낸 밀가루 부침에 몇 가지 채소볶음을 올 려 둘둘 말아 먹었을 것이다.

아버지에게 밀전병은 고향의 맛이었으며, 고향의 맛은 습관이나 마찬가지여서 끊을 수 없었을 것이다. 그래서 아버지는 한국인 아내에게 밀전병 부치는 법을 가르쳤을 것이다. 아내는 남편을 위해 밀전병을 부치는 수고를 마다하지 않았을 것이다. 아버지가 돌아가신 후에도 어머니는 밀전병을 만들어 아들들에게 주었다. 그의 가족에게 밀전병을 먹는다는 것은 일종의 의식이나 다름없었다.

완벽한 음식이란 이런 것이었다. '음식의 맛'이라는 것은 단지 입으로 느끼는 감각뿐 아니라 역사를 아는 것, 시대를 아는 것, 그 음식에 얽힌 기쁨과 슬픔의 내력을 아는 것, 먹는 사람은 몰라도 만드는 사람은 알고 있어야 하는 것, 요리사에게 완벽한 음식이란 그런 것이다.

"왜 자장면이고, 왜 탕수육인지, 요리사는 알아야 합니다. 무슨 일이든 바탕이 튼튼하지 않으면 알게 모르게 아슬아슬합니다."

아버지는 한국에 건너와 살았지만 중국과 한국의 관계 때문에 대만 여권을 가질 수밖에 없었던 이방인이었다. 한국에서 난민 정도의 대우를 받으며 살았다. 하지만 그는 이런저런 사연에 대해 억울한 마음은 없다. 그는 자신이 어느 나라 출신이 아니라 '요리사'라고 했다.

남을 행복하게 하는 기술

요리사라는 직업, 힘들지 않느냐는 질문에 여경옥은 이렇게 답한다.

"힘들다 생각하면 못합니다. 재미있어야지요. 신나야지요. 그래서 힘든 줄 몰라야 합니다. 요리를 생각하는 것만으로도 신명 나야 합니다. 그렇지 않으면 요리 못 합니다. 무슨 일이든 다 그렇겠지만요. 흉내가 아닌 진심으로 요리하는 일을 좋아해야 합니다."

중화요리는 '순간에 태어나는 요리'라고 해도 과언이 아니다. 오랜 시간 뜸을 들이는 요리들도 있다. 하지만 중화요리는 대부분 볶아 내는 순간에 맛이 결정된다. 고기와 채소는 백칠십 도로 달군 팬에서 순식간에 볶아야 한다. 특히 채소는 그렇다. 부추는 불을 최대한 올려 팬을 달군 뒤 단 몇 초 안에 볶아 접시에 담아내야 한다. 더 볶으면 물이 생겨 못쓴다. 단 몇 초 만에 익힌 듯 안 익힌 듯 볶아야 향이 살아난다. 이런 '순간'의 요리 감각은 '비기'나 '신비의 기술'이라고 할 수밖에 없다. 중화 요리사들이 요리하는 장면을 보면 마술과도 같다. 기술이 아니라, 초감각이다.

하지만 이런 감각을 몸에 익히기까지는 오랜 시간이 필요하다. 어떤 일이든 한 분야에서 적어도 십 년은 계속해야 뭔가를 터득할 수 있다. 그 지난한 시간을 견디는 힘이 바로 '재미'다. 여경옥도 그랬다. 어느 날부터인가 그는 칼과 불로 온갖 요리 재료를 다루는 자신의 몸이 달라졌다는 것을 느꼈다. 사전에 준비된 레시피를 따르는 일과 상관없이 몸이 이미 요리를 하고 있는 셈이다.

"요리는 어쩌면 몸이 먼저 알고 하는 것인지도 모릅니다. 불을 겁내고, 끓는 기름을 두려워하고, 칼을 조심하고 그러면 기술이 몸에 스며들지 않습니다. 소금을 눈으로 보기만 해도 짠맛의 강도를 혀가 이미 느끼고, 양파를 손으로 만지기만 해도 양파의 단맛을 입이 이미 느낄 수 있어야 하고, 도마 위에 올린 고깃덩이를 척 보는 것만으로도 육질을 느낄 수 있어야 합니다. 그러면 맛을 보지 않고도 요리를 할 수 있게 됩니다. 사실 미각은 어느 경지에 오른 요리사들에게 그다지 중요하지 않은 것 같습니다. 몸이 이미 그 맛들을 알고 있으니까요."

기술과 몸이 하나가 되는 경지. 불을 다루는 일, 팬을 돌리는 일들이 짜릿하게 느껴지는 순간이 그에게도 왔다. 하지만 그에게 가장 짜릿한 순간은 그런 기술이나 감각을 느끼는 때가 아니었다. 그는 자신이 만든 요리를 먹어 본 사람들이 그 맛을 잊지 못해 다시 찾아올 때 가장 짜릿했다.

요리사가 되려는 사람들에게 가장 필요한 재능은 무엇일까? 여경옥은 '남을 행복하게 해 주려는 마음'이라고 답한다. 하지만 요리에 푹 빠져 살다 보면 정작 자신의 가정을 행복하게 꾸리는 데 소홀할 수 있지 않을까. 그래서 여경옥은 가족들에게 언제나 고맙고 미안하다고 전한다. 어려운 가정환경 때문에 시작한 일이었지만, 가족들이 아니었으면 자신이 요리하는 일에만 매달려 현재 위치까지 달려 올 수 있었을지 의문이 든다. 자기 일에 열정적인 사람들이 그렇듯, 그도 요리하는 일 외에 다른 일은 가족에게 떠맡길 수밖에 없었다. 가족은 여경옥이 지치지 않고 요리하는 일에 매진할 수 있게 도와준 원동력이자 울타리였다.

처음 국수를 삶던 그날처럼

서울올림픽 이후 하락세에 있던 중화요리 업계는 이천 년대 들어 신진 세력의 재도약이 이루어졌다. 팔십 년대를 호령하던 중화요리 전문점이나 특급호텔에서 수십 년간 경험을 쌓은 요리사들이 구십 년대 후반부터 개인 요리점을 열기 시작했다. 중화요리점 자체의 브랜드 명성보다는 조리장 개인이 그동안 쌓아 온 내공과 실력으로 승부하기 시작했다. 강남, 명동에 현대적 감각에 맞춘 고급 중화요리점이 속속 들어서면서 인기를 끌기 시작했다.

최근에는 성공한 중화요리 전문점들이 프랜차이즈 방식으로 확산되고 있다. 젊은이들의 입맛에 맞춘 북경오리요리 체인점, 상해 딤섬만두 체인점 등이 중국 본토에서 대만을 거쳐 홍콩으로 건너가 인기를 끌고, 미국과 일본을 통해 국내에 입점하기 시작했다. 다양한 중화요리 전문점들이 들어서기 시작한 것이다.

중국 현지에서 수입되는 식재료나 채소들을 사용하는 영업점도 늘어나는 추세로 돌아섰다. 상하이, 베이징, 광둥, 사천요리까지 한국인 입맛에 맞추었던 요리법에서 이제는 중국 본토, 다양한 지역 특유의 맛을 구현하려는 움직임도 나타난다.

한국의 중화요리는 보수적인 요리로 수십 년간 변화가 거의 없었다. 하지만 이천 년대부터 웰빙 문화가 주목받으며 기름이 적고 간이 세지 않은 담백한 중화요리로 변모해 가고 있다. 양은 줄고 질은 높아졌다. 또한 화학조미료를 사용해 강렬한 맛을 내던 요리에서 자연의 맛을 살린 부드러운 요리로 바뀌었다. 그도 이런 중화요리 업계의 변화된 환경에 발맞추어 가고 있다.

2007년 12월, 여경옥은 호텔을 나와 중화요리점 '루이'를 열었다. '루이'라는 말은 그의 성 '여'의 중국어 발음 '뤄'의 변형이다. 참고로, 그는 귀화할 때 '한양 여씨'라는 본을 얻었다. 그는 이제 주방을 총괄하는 요리장에서 영업장 전체를 책임지는 경영주가 되었다.

"지난 삼십 년 동안 월급 주방장만 했지, 경영 경험이 없어서 전반적인 시스템을 알기 위해 '루이'를 열었어요."

'루이'는 새로운 콘셉트도 아니고, 특별히 고급스러운 중화요리만 만드는 식당도 아니다. 그는 누구나 편하게 들러 행복하게 요리를 먹고 즐길 수 있는 차이니즈 레스토랑이라고 소개했다. 그가 '루이'의 오너 셰프로서 늘 염두에 두는 것은 언제나 한 가지다.

'나의 요리를 먹으러 찾아오는 사람들이 그 돈을 내고 먹을 만한

가치가 있는 음식인지 생각하고 요리하라.'

경영자가 되었지만 여경옥은 항상 첫 면을 삶던 그날 그 순간을 잊지 않는다. 1978년, 중학교를 마치고 처음 근무한 '소복정' 주방을 잊지 않는다. 그는 그곳에서 요리 인생을 시작했다. 사십 명이 넘는 직원들이 한꺼번에 북적이는 주방을 호령하는 주방장들을 한없이 우러러보던 소년이 마침내 첫 국수를 삶던 떨림을 기억할 때마다, 그는 다시 가슴이 뛴다.

지금 자신이 요리하는 주방이 '소복정'이든 '신라호텔'이든 '루이'든, 장소는 중요하지 않다. 중요한 것은 그가 요리를 한다는 사실이다. 열여섯 살 소년일 때부터 지금까지 삼십 년 이상 한 가지 일을 계속해 온 것이다. 그와 그의 형에게 중화요리는 생존의 절박함에서 시작한 일이었다. 그러나 '진정 좋아하는 일'이 되었고, 지금도 그렇다. 그는 경영자가 된 지금도 '요리사'인 자기 모습을 더 좋아한다. 인터뷰를 하던 날도 그는 요리사 복장이었다.

여경옥에게 성공한 요리사로서 후배들에게 어떤 말을 해 주고 싶은지 물었다.

"성공이요? 저는 성공이라는 말이 쑥스럽습니다."

그는 여전히 발전하는 중이기 때문이다. 여경옥의 눈빛에는 자기 발전을 꿈꾸는 사람들이 지닌 생기가 넘친다. 한 개인의 사회적 성공과 좌절은 대개 시대적 분위기와 맞물려 있는 것이 분명하지만, 그의 진정한 성공은 시대를 넘어서는 일이다. 여경옥은 "일희일비

하지 않는 것, 묵묵히 자기 일을 하는 것, 그것을 깨우친 것이 나의
성공"이라고 덧붙였다.

Chef's Story

8

메주 담그는 로맨티스트

이 원 식

청국장 연구가

"

내가 욕심 부리는 건 다른 게 없습니다.
사람의 정성.
그것이 음식을 만들 때 가장 중요하다고 봐요.

"

이원식

1969년 경북 안동군청 근무 | 1971년 대구광역시청 근무 | 1998년 대구광역시청 명예퇴직 | 2000년 청송 얼음골 황토메주 된장마을 창업 | 2013년 현재 청국장 연구가

취재 및 집필 **김사란**

봄비가 내리는 삼월 어느 날, 경북 청송으로 이원식을 찾아갔다. 영월에서 바다를 끼고 한참을 달리고, 구불구불한 산길을 또 달렸다. 두 시간 반쯤 지났을까. 산 중턱에 자리 잡은 그의 집이자 작업실인 '청송 얼음골 황토메주 된장마을'에 도착했다. 언덕을 이백 미터쯤 올라가자 조용한 산속과 어울리지 않는 피아노 소리가 들렸다. 잠시 후 피아노 소리가 멈추고, 흰 수염을 덥수룩하게 기른 초로의 사내가 모습을 드러냈다.

"청국장 드시러 오셨습니까?"

그가 대뜸 물어본 첫마디였다. 청송군 부동면 항리. 이름도 생소한 그곳에서 드디어 이원식을 만났다.

"요리사를 취재하러 오셨다고 했는데, 나를 요리사라고 해도 되겠습니까?"

커피를 내오며 그는 웃어 보였다. 1969년부터 1998년까지, 이십구 년간 그는 청국장 연구가와는 전혀 거리가 먼 삶을 살았다. 그는 대구시청에서 예산 업무를 도맡던 공무원이었다. 직장에서는 인정받고 집안은 평온했다. 사건이나 사고는 그의 인생과 전혀 무관한 것인 줄만 알았다.

1995년 6월, 이원식은 건강검진에서 위암 판정을 받았다. 그보다 나이가 여덟 살 적은 아내는 우느라 제대로 말도 하지 못했다.

"구십 년대에는 지금보다 암 완치율이 낮아 '걸리면 죽을 날만 기다려야 하는 병'이나 마찬가지였어요. 그런데 이상하게도 무섭지 않더라고요. 경상도 말로 그러죠. 또래이 맨쿠로⋯⋯. 별로 겁이 안 나더라고요."

이원식은 그저 담담히 수술을 받았다. 위의 삼 분의 이를 잘라 내는 대수술이었다. 하지만 수술 후 상황은 겁 없던 그를 바짝 정신 차리게 만들었다. 체중이 구 킬로그램 정도 빠지고 무엇 하나 마음대로 먹을 수 없었다.

하지만 그런 상황에서도 이원식 특유의 대담함이 발휘됐다. 그는 휴가를 한 달 받고 지리산으로 들어가버렸다. 산에서 먹고 자고 시간을 보내며, 그는 자연이 인간에게 주는 효과를 몸으로 실감했다. 그때부터 산 사랑, 자연 사랑이 시작되었다고 한다.

산에서 내려와서 그는 앞으로 어떻게 몸 관리를 할 것인지 고민했다. 암은 오 년 안에 재발하는 경우가 다반사였다. 그런데 누군가 이런 말을 했다.

"암 환자에게는 된장국, 청국장이 최고라더라."

이원식은 직접 장을 담그기 시작했다. 공무원답게 매사에 꼼꼼하고 완벽함을 추구했던 그였다. 그렇게 스스로 먹을거리를 만들고 시청에도 다시 출근했다.

'힘이 닿는 데까지 일하고 정년퇴직 하리라.'

삼 년쯤 더 일하자 직책은 높아지고, 그에 따라 책임도 점점 커졌다. 그는 자기 몸이 더 이상 직장에서 버틸 수 없다고 판단했다. 일을 사랑했지만, 이렇게 삶을 이어가다가는 또다시 건강을 잃을 것이 자명했다. 1998년 겨울, 그는 오랜 세월 몸담아 온 대구시청에서 명예퇴직을 결심했다.

덤으로 사는 인생

이원식은 퇴직 후에 무엇을 할지 한참동안 갈피를 잡지 못했다. 그저 좋아하는 산을 타고 다니며 전국을 누비다 보니, 어느새 더 오를 산이 없어 일본까지 원정 등산을 다녔다. 그러다 건강을 위해서 우선 도시를 떠나야겠다는 생각을 했다.

1999년, 그는 청송 얼음골에 땅을 매입하고 집을 지었다. 그러나 집만 지어 놓았을 뿐, 갑작스러운 퇴직에 딱히 계획이 있을 리 만무했다. 그는 마을 뒷산을 오르락내리락하며 시간을 보냈다. 갑작스러운 시골 생활에 적응하지 못했던 아내는 일주일에 한두 번씩 도시로 나가 무료함을 달랬다.

시간을 보낼 만한 일이 없을까 생각하며 집 주변을 거닐던 차에, 장독대가 눈에 띄었다. 뚜껑을 열어 보니 장에 곰팡이가 살짝 피어 있었다. 좋은 맛을 낼 것 같았다. 며칠 전 산책하다가 콩을 재배하는 농가를 본 생각이 났다. 집을 지으며 이백십 미터 지하수를 파 놓은 것도 생각났다. 모든 것이 맞아 떨어진 순간이었다.

"수술 후 덤으로 더 살게 된 인생이라 생각했습니다. 내가 갑자기 성자가 되어서 그런 게 아니라, 그냥 주변 사람들, 남을 위해서 뭔가 해 보자고 생각했죠."

처음에는 그저 시간을 알차고 보람 있게 보내자고 시작한 일이었다. 장을 조금 더 만들어서 동생들에게 보냈다. 그리고 시청에 근무했던 동료들에게도 선물로 보내고, 친구들에게도 보내기 시작했다. 가까운 지인들에게만 공짜로 나눠 주었을 뿐인데 점차 입소문이 났다. 소개받았다며 장을 사러 오는 사람들이 자꾸 늘어났다. 만들어 내는 양은 적은데, 가지고 가려는 사람은 줄을 서기 시작했다.

"내가 먹을 것이 없더라니까요."

함박웃음을 짓는 이원식의 수염이 기분 좋은 파동을 내며 움직였다. 사람들에게 줄 것은 물론이거니와 자신이 먹을 것도 턱없이 부족했다.

'좀 더 많은 사람들을 위해 해 보자. 한번 제대로 해 보자.'

남을 위해 무언가를 하리라 마음먹자 가슴이 벅차올랐다. 그 앞에 새로운 삶이 아름답게 펼쳐지는 듯했다.

한 걸음 더 내딛기 위한 시행착오

　이원식은 어머니에게 장 만드는 법을 제대로 전수받고자 했다. 이 년 전에 작고하신 어머니는 음식 만들기를 엄격히 하는 안동 김씨 집안에서 자라나 음식을 배웠다. 손놀림이 빠르고 솜씨도 좋았던 어머니는 장도 직접 담가 요리를 해야 직성이 풀릴 정도로 꼼꼼한 분이었다.

　어릴 적부터 어머니가 해 주던 된장국과 청국장만 고집한 그였다. 기왕이면 어머니의 맛보다 더 좋은 맛을 내 보자고 결심했다. 아내와 같이 어머니에게 장 만드는 법을 배웠지만, 적은 양을 만드는 것과는 차원이 달라 처음 삼 년은 시행착오가 많았다.

　"된장 맛은 메주에서 나옵니다. 메주가 잘돼야 된장도 청국장도 맛있어요."

　이원식의 메주는 밀폐된 공간에서 온도를 맞추고, 공중에 떠다니는 박테리아균을 흡수시키는 자연 발효법으로 탄생한다. 기온과 통풍, 바람 등 모든 것이 자연스럽게 어우러져야 한다. 우선 밀폐된 방 안의 습도 조절이 중요했는데, 그 방법을 익히는 데만도 한참이 걸렸다. 습도 조절의 성공 여부에 따라 메주에 피는 곰팡이 종류가 달라졌다. 그래서 집 뒤편에 메주만 보관할 황토 초가집을 하나 더 지었다. 온도 조절을 위해 직접 아궁이에 불을 떼서 관리를 했다. 그러나 기계로 온도를 재서 하는 것이 아니니 결과가 일정하지 않았다. 만든 것보다 버리는 양이 더 많았다.

주변에서는 사람을 사서 해 보라고도 하고, 기계를 놓으라고도 했다. 워낙 손이 많이 가는 일이라 아내도 새벽부터 일어나 남편을 도왔다. 대구 토박이인 아내는 오직 남편을 위해 도시를 떠났다. 평생 이런 시골에서 일할 줄 몰랐다며 서럽고 고단한 마음에 가끔 눈물을 흘리기도 했다. 그럼에도 불구하고 남편 일에는 묵묵히 따라와 주는 고운 심성 덕에 그도 몰래 눈물을 흘린 날이 많았다. 너무 무리해서 일했는지 관절염이 생겨 고생하기도 했다.

다 숙성되었다고 생각해 택배를 보낸 장맛이 이상하다며 항의 전화가 오기도 했다. 일 년쯤 지난 후에야 장맛이 좋아졌다며 다시 전화가 왔다. 알고 보니 숙성 기간을 제대로 파악하지 못한 탓이었다. 착오에 착오를 거듭하는 나날이었다. '괜히 시작 했나' 후회가 들기도 했지만 포기할 수 없었다. 그만 접기에는 이미 메주와 된장에 깊은 애정을 느꼈기 때문이다.

장독대 수백 개에 손수 담근 장들이 각기 다른 곰팡이를 피우며 익어 가고 있었다. 해가 뜬 날만 장독대 뚜껑을 열어 볼 수 있었다. 일렬로 늘어선 장독대 사이를 걸으며 하나씩 확인하는 일이 어느새 그에게는 자식들 돌보는 것처럼 즐거운 일과가 되었다.

장맛을 지키는 이유 있는 고집

"내가 딱 세 가지 지키는 게 있습니다. 하나는 우리 콩만 쓰는 겁니다. 두 번째는 기계화를 안 하고 다 제 손으로 만드는 겁니다. 세 번째는 규모를 크게 키우지 않는 겁니다."

시행착오를 거듭한 힘겨운 시간을 거쳐, 이원식은 된장과 메주에 확실한 지론을 갖게 되었다. 그의 메주는 얼음골 산간 고산지대에서 생산한 콩을 원료로 만든다. 단가를 위해 중국산을 쓰는 일은 상상도 할 수 없다. 중국산 콩으로 메주를 쑤면 그게 우리나라 메주, 된장이겠냐며 한숨을 내쉰다.

십일월 중순부터 그는 분주해진다. 우선 지하에서 물을 퍼 올린다. 그리고 그의 몸 반쯤은 거뜬히 들어갈 만큼 커다란 가마솥에 지하수와 콩을 넣어 불을 땐다. 이원식은 반드시 장작불을 고수한다. 전기솥도, 가스불도 쓰지 않고 모두 전통 재래식이다.

"이렇게 말하면 꽉 막힌, 옛날 사람 같을까요? 정성이라고 하죠. 내가 욕심 부리는 건 다른 게 없습니다. 사람의 정성. 그게 음식을 만들 때 가장 중요하다고 봐요."

장작불로 일곱 시간 이상 푹 삶은 콩을 넓은 천에 골고루 펴 놓는다. 그 위에 비닐과 천을 덮어 맨발로 꼭꼭 눌러 밟는다. 산 속의 강한 추위에도 불구하고 꼭 맨발로 밟아 주어야 한다. 김이 모락모락 나는 콩을 밟고 있으면 온몸이 흠뻑 땀에 젖는다.

콩이 잘 다져지면 메주 틀에 빈틈없이 채워 넣는다. 직사각형 모양으로 찍어 낸 메주는 일렬로 세워 하루 정도 건조시킨 후, 짚으로 묶어 바람이 잘 통하는 곳에 널어놓는다.

짚은 단지 메주를 매달기 위한 용도가 아니다. 짚에서 나오는 고초균(枯草菌)이 메주의 콩 단백질을 분해해 장맛을 좋게 한다. 그렇게 하루에 이백오십 장씩, 십이월 말까지 육천여 장을 만든다. 이때만큼은 일손이 많이 필요하기 때문에, 마을에서 일꾼을 구해 함께 작업한다. 해마다 함께 일하는 마을 사람들과도 깊은 정이 들었다. 메주를 주렁주렁 매달아 놓으면 메주 냄새가 산 아래까지 구수하게 퍼진다.

한 달에서 한 달 반 정도, 얼음골 바람을 쐰 메주를 황토방으로 옮긴다. 집 뒤편에 자리한 초가 몇 칸은 모두 그가 손수 만든 작업장이다. 메주는 황토방에서 또 한 달간 건조 과정을 거친다. 공기가 잘 통하는 황토벽은 메주가 자연 바람을 쐴 수 있게 도와준다. 그저 매달아 놓으면 되는 것이 아니다. 그는 두 번째 건조 기간을 특히 신경 쓴다. 틈틈이 황토방에 들어가 일일이 메주를 살펴보고, 마음으로 어루만진다.

그렇게 콩이 익어가는 시간을 그는 정말로 사랑한다. 황토방 안에서 좋아하는 노래를 부르며, 메주 하나하나를 어루만지는 시간을 가져야 메주가 그의 마음을 알고 잘 익을 것이라 믿는다. 그는 메주를 어루만지고, 메주는 그를 어루만지는 것이다.

마지막 건조 과정은 온돌 구들바닥에서 이루어진다. 온돌 바닥에 짚을 풍성하게 깔아 놓고, 그 위에 메주를 올린다. 그리고 메주들 위에 또 짚을 얹어 놓은 뒤 아궁이에 불을 지펴 따뜻하게 한 달을 유지시켜 준다. 시행착오를 반복하던 시절에는 이 과정에서 가장 많은 실수를 했으나, 이제는 온돌에 불 때는 일쯤은 거뜬히 해낸다. 오랜 시간을 기다려 다시 황토방의 문을 열면 단단하게 모양새를 잡은 메주가 그를 맞이한다.

청국장을 만드는 일도 큰 즐거움이다. 아궁이에서 푹 익은 콩을 꺼내 온기가 식기 전에 짚을 넣어 천으로 덮는다. 그리고 따뜻한 황토방 안에 넣어 삼사 일간 기다리면 청국장이 탄생한다. 짚과 콩이 하나로 버무려져 겉보기에는 찐득찐득한 액체가 콩에 붙은 것 같은 모양새를 하고 있는데, 바로 그것이 콩의 단맛을 더욱 깊게 끌어낸다.

"신경을 바짝 써서 하는 건 십 년 넘게 변하지 않았지요."

이원식의 메주에 들어가는 것은 콩만이 아니다. 그의 '이유 있는 고집'도 함께 들어간다. 이원식은 암 수술을 받은 후 자신을 위해 장 담그기를 시작한 초심을 잃지 않으려고 한다. 건강을 되찾은 것도 직접 만든 장 때문이라고 믿는다.

그처럼 간절한 목표로 시작한 일이기 때문일까. 그의 장은 금세 유명세를 탔다. 장을 구입하는 이들의 마음도 그의 첫 마음과 비슷할 것이다. 맛뿐만 아니라 건강을 생각하는 마음이다. 아무리 장이 잘 팔린다 해도 이원식은 일의 규모를 크게 키우려 하지 않는다. 규모를 키우면 그 많은 작업들을 일일이 챙길 수 없기 때문이다. 남의 손에 맡기거나 기계를 사용하면 그의 메주를 찾는 사람들을 볼 면목이 없으리라고 단호히 이야기한다.

그의 집 앞마당에는 넓은 터가 조성되어 있다. 이곳은 모두 장독대 차지다. 장독대 역시 일반 장독대가 아니다. '청송 옹기' 장인 이무남 씨가 만든 장독이다. 이원식은 대략 삼백 개가 넘는 장독대에 일일이 메주를 퍼 담는다. 장독에 담긴 메주가 삼 년 묵은 천일염 간수를 만나면 간장이 만들어진다. 장독에 된장을 담아 놓고 사오십 일 정도가 지나면 간장 또한 완벽히 전통식으로 탄생하는 것이다.

간장을 덜어 낸 다음에는 어지간해서는 장독대 뚜껑을 열어선 안 된다. 바람이나 습도를 차단한 채, 그 안에서 서서히 익어가기 때문이다. 장독대마다 곰팡이가 슬어 푹 익는 속도가 조금씩 다르다. 익어가는 시간이 다른 만큼 저마다 맛도 다르다. 이원식은 장맛을 보기 위해 이리저리 독을 열어 볼 때가 가장 즐겁다.

"밤에 장독을 비추는 달빛도 장맛을 깊게 하는 데 일조하는 것 같습니다."

그의 풍부한 감성 덕분에 장맛이 더 좋은 것일까. 이원식의 집은 앞터가 훤히 보이도록 거실 전면이 유리창이다. 그는 달빛이 훤히 비추는 앞마당을 밤이 깊어 가는 줄도 모르고 지켜본다.

도시에서 온 암 환자 가족

"덤으로 산 인생이 잘됐으니 사람들이 찾아 주는 것 같아요. 어쩌면 죽을 운명이었으니, 당연히 덤이죠."

이원식은 수술 후에 얻은 시간이 자신에게 덤으로 주어진 것이라 누차 이야기한다. 암 수술, 게다가 완치 후 두 번째 인생을 사는 그의 이야기가 방송국 전파를 타자 전국 각지에서 많은 이들이 찾아왔다. 특히 암을 앓았던 사람들이 자주 찾아왔다. 간간히 등산을 다니는 것이 유일한 취미인데, 사람들이 자주 오니 이제 집을 비우지 못한다. 예전처럼 산을 잘 다니지 못해 섭섭하지만 사람들을 만나 대화를 나누고, 그들에게 도움을 주는 것도 의미 있는 일이라 여긴다.

사람들은 메주를 사러, 된장을 사러, 청국장을 사러 왔다며 그에게 대화를 청한다. 어떤 일을 겪어 본 사람과 겪어 보지 않는 사람은 그 생각이 확연히 다르다. 하물며 병력이 있었던 사람과 없었던 사람은 삶을 대하는 태도가 다를 수밖에 없다. 그는 그런 차이점들을 생각하며 아픈 사람들은 다른 이에게 위로받기가 쉽지 않다고 이야기한다.

몇 년 전에는 대구에 사는 일가족이 찾아왔다. 장성한 자식이 둘 있는 아내가 항암치료를 더 이상 받지 않으려 한다며, 남편이 가족 여행을 빙자해 그에게 찾아온 것이다. 여자는 난소암 수술을 받았다. 수술은 잘 되었으나 일 년 만에 재발하고 말았다. 항암제를 맞으며 암 투병을 하는 것이 여자에게는 죽기보다 더 괴로웠다. 이제는 그만하고 보내 달라는 그녀의 말에 남편도 울고, 자식들도 울었단다.

남편은 그에게 어떻게든 아내를 설득해 달라며 눈물을 보였다. 정작 그가 해 줄 말은 없었다. 다만 그녀의 말을 오랜 시간 천천히 다 들어 주었다. 같이 울고, 또 같이 웃어 주면서. 여자는 결국 항암치료를 다짐하고 돌아갔다.

"설득하기 힘들었죠. 그래서 설득할 생각 말고, 그냥 내 생각을 이야기 했죠. '당신 암이오'라는 말을 들었을 때 이미 당신의 인생은 끝난 거요. 그리고 다음에 사는 인생은 덤이요. 언제 명이 끝날 줄 모르는 거요. 모두가 다 끝나는데, 당신은 덤을 받지 않았소? 기왕 끝날 거였는데, 하루 더 늦춰지면 좋은 거 아니요? 당신만 좋으라고 그러겠소? 가족들에게 당신의 덤은 얼마나 소중하겠소? 그랬죠 뭐……."

별 것 아니라고 이야기하며 그는 말끝을 흐렸다. 자신을 찾아왔던 많은 이들 중에는 다시 연락할 수 없게 된 사람도 분명 있을 것이다. 그래서 그는 더러 마음이 아픈 듯했다.

먹는 이의 건강을 기원하는 마음으로

이원식은 두 가지를 꾸준히 배운다. 바로 운동과 피아노다. 그는 사 년 전부터 새벽 다섯 시 반에 영덕으로 가서 태권도를 배운다. 칠순이 가까운 나이에 태권도 2단, 합기도 1단. 처음에는 퇴비며 콩이며 혼자 힘으로 들 수가 없었는데 요즘은 가볍게 해낸다.

그는 초중고 아이들과 극기훈련을 하는 것도 즐긴다. 한번은 얼음물에 들어갔다 나오는 걸 방송국에서 촬영해 갔는데, 그 덕에 연락이 끊겼던 지인들이 전화를 해 "다시는 그런 일 하지 말라"며 만류했다고 한다.

인생에서 가장 필요한 것이 무엇일까 생각하니, 정서적인 활동이 가장 중요하다는 생각이 들었다. 그래서 피아노를 배우게 되었다. 일이 바빠 연습할 시간이 없어 제대로 하지 못했더니 기초 과정만 몇 년째 치고 있다. 그래도 이원식은 몸을 움직일 수 있을 때까지 뭐든 포기하지 않고 해 볼 생각이다. 청국장과 된장 끓이는 것 말고도 요리를 배우고 싶어 요즘은 요리학원도 알아보고 다닌다.

그에게 자신만의 요리 철학을 물어보았다.

"정성이 제일 중요하죠. 대충 하려는 것은 요리에 가장 반한다고 생각합니다. 어떻게 대충 만든 음식이 몸에 좋을 수 있겠습니까?"

건강을 위해 장을 담근 이의 대답답다. 앞으로 요리사를 꿈꾸는 이들에게 어떤 조언을 해 주고 싶은지 물어 보자, 자신을 요리사라 칭해도 되겠느냐며 한참을 망설이다 답한다.

"요리사는 나도 동경하는 직업입니다. 요리는 거짓말을 안 해도 되지요. 그저 먹는 사람을 위해 맛나게 음식을 하는 것에만 신경 쓰면 되니까요. 늘 전력투구하는 마음가짐으로 정성을 들인다면 훌륭한 요리를 할 수 있을 것 같습니다."

정성스레 시간을 들여 먹는 이를 즐겁게 해 주는 것. 요리사나 청국장 연구가나 본분은 매한가지다. 그는 메주를 한 장씩 만들 때마다 그것을 먹을 이들의 얼굴을, 나아가 그들이 혹여 가지고 있을지 모를 아픔을 생각한다. 그들이 이 메주로 음식을 해 먹을 때 조금이라도 행복하기를, 건강하기를 그는 항상 염원한다.

이원식은 요즘 간간히 강의도 나가고 있다. 성공한 퇴직자이자, 인정받는 메주 장인이다. 덤으로 살게 된 인생이라지만 부러울 것 하나 없다. 거실 창밖에는 앞으로도 그를 지켜 줄 장독대들이 햇빛을 받아 빛나고 있다.

그가 거실 한 구석에 있는 피아노 앞에 앉았다.

"내가 지금 예순아홉인데, 내년 칠순 잔치 때 피아노를 치면서 노래 부르는 것이 목표입니다. 지금 연습하고 있는 곡 한번 들려드릴까요?"

도착했을 때와 마찬가지로 산속 장마을과 그다지 어울리지는 않는 피아노 소리가 잔잔히 울려 퍼진다. 하지만 그 음색은 어떤 연주가의 것보다도 낭만적이다.

Chef's Story

9

평화가 깃든 자연식 밥상

문성희

자연요리 연구가

"

가장 훌륭한 요리는 재료가 지닌 본래의 생명력과 색깔,
모양을 망가뜨리지 않고 먹는 것이고,
그런 음식을 위해서 마트가 아니라
밭으로 가야 한다는 사실을 알게 됐지요.

"

문성희

1950년 부산 출생 | 1977년부터 요리학원에서 요리 지도 | 1979년부터 다수 여성지 요리 화보 진행 | 생명을 살리는 음식에 관심을 갖고 자연요리를 연구 | 파주 헤이리 논밭예술학교 등에서 '윤리·생태·생명의 밥상 차리기' '평화가 깃든 밥상' 강좌 진행 | 2009년 『평화가 깃든 밥상 1』, 2011년 『평화가 깃든 밥상 2』 출간 | 2011년 충북 괴산 미루마을에서 자연식 요리 강좌, 살림 푸드 마스터 교육 | 2013년 현재 사단법인 '평화가 깃든 밥상' 이사장, '살림음식연구원' 대표, '슬로푸드문화원' 자문위원, 『문성희의 쉽게 만드는 자연식 밥상』 출간

취재 및 집필 **오선아**(『올 댓 드라마티스트』(공저) 등)

"선생님, 꼭 제 멘토가 되어 주세요."

생전 처음 듣는 낯선 목소리였다. 그녀의 목소리는 차분했지만 간절했다. 자신을 삼십 대 신진작가라고 소개한 그녀는 미술계에서 주목받는 신예였다. 전화 내용은 국립현대미술관에서 주관하는 리포트에 멘토가 되어 달라는 것이었다.

당황한 문성희는 신예작가에게 물었다.

"미술계 인사나 비평가가 하는 일을, 평생 요리만 하고 살아온 내게 요청한 이유는 뭔가요?"

작가는 그녀를 텔레비전 다큐멘터리에서 처음 뵈었다며 담담하게 말을 이었다.

"거식증을 극복하려고 그림을 그리게 됐어요. 그렇게 작가라는 존재감도 얻게 됐고요. 근데 '작가'라는 이름으로 계속 불리길 바라는 욕망은 다 치료된 줄 알았던 거식증을 재발하게 만들었어요. 내 몸을 학대한 징후가 다시 나타났고 몸은 무기력하게 무너져 내렸죠. 그 무렵 선생님이 나오는 다큐멘터리를 보고 깨달았어요. 내 정신과 몸이 건강해야만 이 사회를 바로 볼 수 있고, 욕망에 현혹되기보다는 진실에 집중하고 그것을 지혜롭게 말할 수 있는 작가가 될 수 있다는 것을요."

좀처럼 방송에 나서지 않지만 어쩌다 한 번 출연하면 그녀를 따르려는 사람들은 어디에서나 나타난다. 미운 남편을 위해 죽을 만들다 보면 화가 가라앉고 평화로워지면서 덩달아 행복해지는 걸 느낀다는 오십 대 주부, 요리와는 담을 쌓고 지내다가 직접 재료를 구하고 시간을 들여 요리하면서 자신을 사랑하게 되고 심신을 달래게 됐다는 삼십 대 여성, 남편과 사별한 후 의미 없는 일상을 살다가 자연요리를 통해 평화를 찾게 됐다는 칠십 대 할머니까지……. 사람들은 문성희의 자연요리를 통해 삶의 행복을 되찾았다고 전한다. 그렇게 자연요리 연구가 문성희는 몸과 정신의 건강을 바라는 사람들의 멘토가 되었다. 환갑을 훌쩍 넘긴 그녀는 평생을 아웃사이더라 생각하며 살아왔다. 하지만 요즘은 '같은 생각을 하는 사람이 많구나' 하며 보람을 느낀다.

잘나가는 요리 선생에서 자연인으로

문성희는 한국전쟁이 일어나기 세 달 전, 태중에 있을 때부터 딸을 수도원에 보내고 싶어 했던 아버지의 기도를 받고 태어났다. 아버지는 독실한 가톨릭 신자로 부산 대양공업 중고등학교의 설립자이자 교장이었고, 어머니는 생활력과 감수성을 지닌 서른 살 주부였다. 어린 시절 유복하게 자랐던 그녀는 아버지가 제단에 학교를 헌사하고부터 갑작스레 경제적인 곤궁에 빠졌다. 그녀가 초등학교 삼 학년 때 가족은 서울로 이사를 했다. 어머니는 광장시장에서 일제수입품 가게를 시작했는데 한 달이 못 가서 5·16 군사정변이 일어나면서 외제품을 못 팔게 되었다. 그 뒤 어머니는 종로 창경원 근처에서 양장점을 시작했지만 이 역시 순탄치 않았다.

1973년부터 이 년간 일본 '에가미 요리학원'을 다녔던 어머니는 귀국 후 부산에서 요리학원을 차렸다. 장녀였던 문성희가 어머니를 돕다 보니, 자연스럽게 평생 이 길을 걷게 되었다. 어머니의 요리학원은 다른 어떤 일보다 잘 풀려 나갔다. 칠십 년대 말, 박정희 정권은 경제를 이슈로 삼았고 소비를 촉진시키기 위해 돈 잘 쓰는 것이 미덕이라고 포장했다. 다수가 굶던 가난한 시절이었기에 좋은 것이든 나쁜 것이든 많이 먹고 잘 사 먹는 것이 나라를 위하는 일이라고 선전했다. 음식 문화도 마찬가지였다. 우리의 뿌리를 찾는 것보다는 돈가스나 빵을 잘 만드는 어머니가 살림 잘하는 주부로 통하는 시절이었다. 외식 사업이 늘었고 조리사를 양성하는 학원도 늘어갔다.

당시 요리학원은 음식을 만드는 것을 가르치는 곳이 아닌, 조리사를 양성하는 학원이었다. 문성희는 조리사 자격증이 필요한 사람들에게 조리사 기능시험에 합격할 수 있도록 지도하는 일에 조금씩 진력이 났다. 조리사 실기시험에서 제시되는 요리는 사십여 종. 이 중에서 선택된 두 종류 요리를 정해진 시간 안에 일정한 크기로 순서에 맞춰 만들어 낼 수 있는가가 채점 기준이었다. 여기에는 음식의 근원에 대한 입장이 없었다. 음식을 만지는 사람의 인성이나 요리사가 갖추어야 할 실제적이고도 기초적인 기술은 아무 것도 고려되지 않았다. 어린 시절부터 '우리 몸은 어디에서 왔을까' '진정한 마음의 평화란 무엇일까' 등을 사색하던 문성희로서는 기계적인 강의가 당연히 재미도 없었다. 그러나 칠십 년대 말에는 요리 강사가 드물었고, 어머니의 요리학원을 물려받은 문성희는 차츰 주목받는 요리사가 되었다.

1977년부터는 부산에서 제법 잘나가는 요리연구가로, 각종 유명 여성지의 요리 화보를 도맡아 진행했다. 당시에는 여성들이 주로 월간지로 문화적 욕구를 충족했다. 《여성중앙》《여성동아》《주부생활》《여원》등 네 종류 잡지가 패션과 요리 기사를 실어 인기를 끌었다. 문성희는 불과 스물일곱 살에 《여성중앙》의 '365일 표준식단'을 맡아 십오 년간 담당했다. 이 표준식단에는 아침, 저녁 요리 사진이 백삼십 장 정도 실리는데 한해도 빠짐없이 이어 온 것이다.

이십여 년을 화려하고 멋진 요리상을 차려 내던 그녀가 요리 화보에 실린 한 칼럼을 읽은 후 깊은 고민에 빠져들었다. "요즘 잘 나간다는 요리 연구가들의 음식을 보면 먹는 걸 가지고 장난치고 있다는 느낌이 든다"는 한 문장 때문이었다. 문성희는 칼럼을 읽고 문득 자신을 돌아보았다.

'지구 반대편에서는 아이들이 굶어 죽고 있는데, 내가 먹는 음식을 가지고 너무 사치를 부리고 있는 건 아닐까?'

그때부터 여러 책을 살펴보며 '생명을 살리는 요리'를 고민했다.

"가장 훌륭한 요리는 재료가 지닌 본래의 생명력과 색깔, 모양을 망가뜨리지 않고 먹는 것이고, 그런 음식을 위해서 마트가 아니라 밭으로 가야한다는 사실을 알게 됐지요."

음식에는 우리를 살아 있게 하는 모든 것이 다 들어 있다. 햇빛과 바람, 물과 흙뿐만 아니라 인류 문명의 발자취가 고스란히 담겨 있다. 아울러 민족성과 기후, 풍토, 의식, 제도도 음식을 통해 드러난다. 따라서 요리사는 역사와 문화의식, 자연의 섭리를 관찰하는 태도, 기술을 익히기까지 성실함과 끈기로 기다릴 수 있는 인내심을 지녀야 한다.

문성희는 이러한 모든 것을 전혀 고려하지 않고 요령만을 익히게 하는 요리학원 강습에 점점 회의를 느꼈다. 그래서 시내 중심가에서 떨어진 부산의 북쪽 끝 동네 한 모퉁이로 학원을 옮겼다. 뒤로는 금정산을 이고 있으면서 밝은 햇빛이 쏟아져 들어오는 조용하고 한적한 건물이었다. 문성희는 삼 층에 세를 내서 밝고 아늑한 공간으로 꾸몄다. 요리 강습장이라기보다는 함께 음식을 만들어 나누어 먹고, 차도 마시는 사랑방 같은 학원이었다. 수강생과 원장의 관계가 아닌, 형님 아우의 가족 구성원 같은 친밀감을 나누었다. 수강생들은 그녀의 살림살이를 자신보다 먼저 걱정해 주었다.

그 무렵 학원 앞 골목에 자그마한 생식 가게가 생겼다. 주인은 생식을 만들어 주변에 나누어 주었다. 이 우연한 인연으로 문성희는 생식에 처음 눈떴다. 생식 가루를 먹는 편안함과 단순함은 일상의 번잡함에서 멀어지게 만들었다. 그리고 낱낱이 살아 있는 낱알들의 생명력이 몸 안으로 흘러 들어가서 깨끗한 몸을 만들어 내고 있음을 감지할 수 있었다. 그리고 생식을 직접 만들기로 결심했다.

생식 재료를 건조하기 위해서는 넓고 햇빛이 잘 들며 공기가 맑은 곳이 필요했다. 다시 부산 북쪽 끝 두구릉에 비어 있는 공장 건물을 빌렸다. 마당은 넓고 햇볕도 잘 들었지만 오랫동안 비워 둔 터라, 온갖 쓰레기가 산더미처럼 쌓인 폐허 같은 곳이었다. 겨우 열한 살이 된 딸 솔이는 금방 부숴질 듯 덜컹거리는 세면실과 마당에서 멀리 떨어진 푸세식 화장실, 말벌과 사마귀, 잠자리가 무서워서 한 달 내내 울먹이더니 차츰 새로운 생활에 적응해 나갔다.

생식 만드는 일은 생각처럼 쉽지 않았다. 오염되지 않은 신선하고 생명력이 고스란히 살아 있는 재료를 구하는 것 자체가 어려운 일이었다. 사람들의 잘못된 인식도 빠르게 번져 나갔다. 바쁘다는 핑계로 음식을 사 먹고, 인스턴트 음식으로 식사를 대신하는 사람이 많아졌다. 그녀가 생식을 만든 이유는 자신이 먹어 보고 느낀 그

평온을 사람들에게도 전하고 싶기 때문이었다. 재료를 자연건조하는 일은 만만치 않았다. 하루에도 수없이 하늘을 봤다. 갑자기 먹구름이라도 나타나면 손길과 발길이 바빠졌다.

그렇게 만들어 낸 생식을 유기농산물 전문 업체 '한살림'에서 판매할 때도 그녀의 고집은 확고했다. 더딤의 미학, 소박함의 메시지를 담는 것이었다. 생식을 담은 보자기도 재봉질을 하지 않고 직접 손으로 꿰매 만들었다. 이렇게 만든 생식이기에 팔 때도 까다롭게 굴었다. 생식을 먹을 사람의 마음가짐을 먼저 보는 것이다. '나에게 이로운 것이 결국 자연에도 이롭다'는 인식을 심어 주고 싶었다. 만드는 사람, 건네는 사람, 먹는 사람이 모두 한결같은 마음이 되기를 바랐다. 몇 년간 한곳에서 지내며 편안해지니 자연에만 의지해 살고 있다는 회의가 들었다. 마침 고등학생이던 딸 솔이의 통학을 위해 결국 산을 내려왔다.

깨달음을 나누는 일에 전념하다

먹는 것은 모든 이가 관심을 가질 수밖에 없는 일이다. 가난했던 시절에는 제때 배부르게 먹는 것과 남들이 먹어 본 것을 좀 먹어 봤으면 하는 것이 화두였다면 지금은 '무엇을 어떻게 먹는가'가 더 중요해졌다. 게다가 아토피나 비만과 같이 먹는 것과 직결되는 질병을 앓는 아이들이 많아지면서 더욱 민감한 문제가 되었다. 그러던 중 '한살림'에서 채소 요리 강좌를 제안해 왔다. 여러 차례 강의 요청을 사양하던 문성희는 차마 이번마저 거절하지 못하고 강의를 하게 되었다. 이를 계기로 생활협동조합, 환경운동연합, 녹색생명학교, 여성환경연대 등 여러 단체들과 윤리적이고 생태적인 밥상 차리기를 함께 연구하며 강의를 이어 나갔다. 그 무렵 MBC 다큐스페셜 〈목숨 걸고 편식하다〉와 SBS 〈100세 건강 스페셜〉 등에 소개되면서 강의를 하거나 방송에 출연하는 일이 점점 많아졌다.

문성희는 한 다큐멘터리 프로그램에서 고혈압으로 고생하는 이삼십 대 젊은이들의 치료를 도왔다. 순전히 자연요리를 통해서 말이다. 고기를 먹지 못하고, 현미만을 먹어야 하는 그들에게 문성희는 몇 가지 요리를 소개해 화제가 되기도 했다. 그때 소개한 요리가 '사찰보양전골'이다.

이 요리법은 전부터 잘 알고 지내던 비구 스님에게 사사받았다. 불국사에 출가한 비구 스님은 "수행의 첫걸음은 손수 만든 음식"이라며 "스님이 되려면 제일 먼저 공양간 공부부터 시작해야 한다"고 했다. 문성희는 자신의 생명을 유지하기 위해 다른 생명체를 해치지 않아야 지구 생명 공동체인 우리 모두의 안전이 지켜진다는 걸 이때 어렴풋이 알게 되었다. 그러면서 밥상을 차린다는 건 '나와 나를 에워싼 모든 것을 생명과 평화로 재창조하는 일'이라는 걸 깨달았다.

'사찰보양전골'은 만드는 법이 간단해서 누구나 쉽게 도전해 볼 만하다. 먼저 마른 표고버섯과 다시마를 물에 불렸다가 건져 잘게 썬다. 재료를 불린 물은 맛물로 사용한다. 둘째, 양송이버섯과 단호박은 잘게 썰어 두고 두부는 썰어서 현미유를 두르고 노릇하게 지진 뒤 깍둑썰기를 한다. 밤, 은행, 호두, 잣은 속껍질째 준비한다. 셋째, 전골냄비에 준비한 재료를 같은 재료끼리 마주보게 돌려 담고, 그 위에 들깨가루와 소금, 호두, 은행, 잣을 넣고 맛물을 부어 뽀얗게 우러날 때까지 끓이면 그만이다.

문성희의 요리는 단순하면서도 독창적이다. 씨앗과 껍질까지 다 사용한다. 고작 이런 재료를 가지고 조리할 수 있을까 싶은 요리들이 많다.

"자연 속에 살면서 물과 햇빛, 바람이 만든 것들을 먹다 보니 버릴 게 하나도 없다는 걸 알게 됐어요. 자연물 하나는 그 자체로 온전한 영양 덩어리에요. 씨앗과 껍질엔 가장 많은 영양이 담겨 있고요. 이렇게 완벽한 재료가 있으니 딱히 조리법이 필요 없지요."

신선한 재료에는 양념도 군더더기가 된다. 최대한 자연의 맛 그대로를 살리는 것이 최상의 요리법이다. 문성희는 고혈압 환자들에게 '채식 철판구이'도 선보였다. 아주 간단하면서도 손님 접대 요리로 손색없기 때문이다. 채소를 껍질째 잘라서 팬에 구워 소스에 찍어 먹기만 하면 끝이다.

제 몸에 맞지 않은 옷을 입은 것처럼 어머니의 가업을 이어받아

요리학원을 운영할 때는 모든 것이 따로따로였다. 일과 삶이 분리된 나날을 보내며 행복한 적이 별로 없었다. 그러나 자연요리를 개발하고, 그것을 나누면서 일과 삶, 자신이 하나가 된 삶을 살아간다.

2011년에는 저탄소 녹색마을로 유명해진 충북 괴산 '미루마을'에 들어왔다. 매주 화요일 아침 일곱 시, 미루마을에서 출발해 파주 혜이리에 있는 '논밭예술학교'에서 하루 종일 강의를 한다. 한 번 운전해 가는 데만 세 시간 삼십 분이 걸린다. 그곳에서 일곱 시간 이상 강의하고 다시 세 시간 삼십 분을 달려 집에 도착한다.

월요일에는 새롭게 터를 잡은 '미루마을' 부녀회와 일주일에 한 번씩 요리 모임을 갖는다. 마을에는 모두 오십칠 가구가 살고 있는데 그중 젊은 축에 속하는 사십 대 부녀자 열 명 정도가 이 모임에 참여한다. 이곳에서는 자신이 재배하는 유기농산물을 직접 가공하거나, 그것을 다른 이들과 나누고 판매할 수 있는 역할을 할 사람들을 기른다. '미루마을'은 젊은이들이 귀농할 수 있는 '삶의 모델'을 만들고 싶다는 생각에서 만들어졌다. 이러한 생각을 함께한 사람들이 주축이 돼서 마을을 만드는 첫 번째 조건으로 탄소에너지를 최소화시키는 집을 지었다. 지열과 태양열을 이용해 에너지를 사용한다. 자연이 좋고 소소하게 나누며 살고 싶은 사람들이 이곳으로 모여들었다.

"잃어버린 꿈이 다시 살아난 거예요. 부산 철마산 시절에는 아무것도 없는 상태에서 공동체 생활의 꿈만 가지고 살았는데……. 그

때는 내가 너무 시대를 앞섰고, 지금은 그때의 경험과 삶을 나눌 수 있어요."

생명을 살리는 요리

문성희를 만나는 사람들은 저마다 발상의 전환을 겪는다. 열두 명 남짓한 수강생들도 마찬가지다. 젊은 대학생부터 칠십 대 목사 님까지, 수강생들의 연령과 직업도 가지각색이다. 하지만 이들에겐 공통점이 있다. 문성희와 함께 자연 그대로를 직접 요리하고 먹으 며 몸과 마음이 변화하는 과정을 만나는 것이다.

"혁명이 일어났어요."

"요리하는 게 즐겁고, 속이 편안해지면서 마음까지 평온해져요."

강의는 여덟 밥상, 여덟 죽상과 샐러드, 손님 초대 밥상과 김치, 그리고 효소 등 세 가지 테마로 나뉜다. 수업은 원하는 것에 따라 골라 들을 수 있는데 각 테마별 수업은 한 달을 기준으로 주 2회, 총 8회로 구성된다. 수강생들은 수업에서 유기농 재료를 이용해 심신 에 평화를 깃들게 하는 '문성희식' 자연요리법을 배운다. 만들기 편 하고, 먹고 나면 속이 편하고, 만든 다음 치우기도 편한 요리. 그리 면서도 재료의 맛과 성질을 그대로 살려 맛도 좋고 영양까지 풍부 한 요리. 단순하고 소박해도 기품이 느껴지는 요리. 이것이 바로 문성희가 제안하는 자연요리다.

마음과 몸을 더 순수하게 만들고 싶은 소망이 커지면서 문성희는 식성도 바뀌게 되었다. 비린내 나는 생선과 핏기가 가시지 않은 고기는 물론, 파와 마늘 같은 열이 많은 식품도 멀리하게 되었다. 젓갈 대신 오곡가루로 쑨 풀과 간장을, 마늘 대신 생강을, 고춧가루 대신 파프리카나 배, 갓과 미나리로 김치를 담갔다. 그렇게 하니 김치가 한결 맑고 정갈하고 시원해졌다.

집간장으로도 김치를 만들었다. 주변 사람들 반응이 좋았다. 짜지 않아 부담 없이 먹을 수 있고, 새콤하면서도 달착지근한 맛이 입맛을 살려 준다고 했다. 배추를 포함한 여러 가지 채소에 끓인 간장과 식초를 부어 삭힌 김치라 '장김치'라고 이름 지었다. 나중에 알고 보니 이규보 선생이 『동국이상국집』에서 "장에 담근 김치는 여름철에 먹기 좋고, 소금에 절인 김치는 겨울 내내 반찬이 되네"라고 노래했다고 한다. 효소와 소스는 자연요리에서 빠질 수 없는 것들이다. 단순히 맛이 있다는 차원을 넘어 맛의 깊이를 음미할 수 있는 여유를 준다.

문성희의 인생을 바꾼 말이 있다면 '식약동원(食藥同原)'이다. 먹는 것이 약이 되고 생명이 된다는 말이다. 채소만으로도 다양한 조리 방법을 만들어 낼 수 있는 건 그야말로 사명감을 가지고 연구에 전념했기 때문이다. '누룽지고구마 피자' '크림소스 감자도리야' 등 집에서 외식하는 기분을 낼 수 있는 조리법이나, '채소 팔보채' '인디언 신선로' 등 손님상에 내놓기 좋은 음식, 떡볶이나 애플파이, 단호박 케이크 등 아이들을 위한 간식 조리법 등이 있다.

문성희의 자연요리는 한마디로 '신선한 재료와 발효된 양념들의 만남'이라 할 수 있다. 우리 주변에서 쉽게 구할 수 있는 기본 재료로 간장, 된장, 식초, 조청, 발효 효소 등을 첨가해 자연식을 만들어 낸다. 밭에서 키운 채소들에 최소한의 양념으로 쓱쓱 무쳐 내던 옛 어른들의 손맛처럼 말이다.

무 한 개, 연근 한 개, 당근 한 개, 고추 몇 개, 배춧잎 여남은 장이 수업에 내놓는 재료의 전부다. 재료가 이것뿐이니 수강생들은 처음엔 실망감을 감추지 않는 표정들이다. 그러나 수업 마지막엔 누구나 '채소만으로 이렇게 풍성할 수 있구나' 하고 놀라게 된다.

요리 화보라고 달라질 건 없다. 문성희의 자연요리에 들어가는 재료들은 소박한 푸성귀들뿐. 양념마저 조선간장과 조청, 식초와 들기름이 전부다. 화보 촬영인데도 옆에서 거들어 주는 사람 하나 없이 손수 치워 가며 다음 요리를 준비한다. 조리 도구와 그릇도 몇 안 되어 보이는 게 평범하고 간단한 우리 살림살이 그대로다. 이사할 때도 그녀의 작은 자동차로 몇 번 실어 나르면 될 정도로 살림이 단출하다.

"자연스레 불필요한 소유를 줄이게 되었어요. 채식 밥상을 선택하면 화석연료는 물론 물과 세제 사용도 줄일 수 있고, 쓸데없는 일손과 조리하는 시간도 줄어 부엌일을 즐겁게 할 수 있습니다."

환경을 보호하고 자연을 살리고, 즐겁게 요리하며 건강을 지키는 소중한 방법이지만 정작 그녀 자신은 돌고 도는 인생의 능선을 넘어야 했다.

모든 것은 흘러간다

삼십 년이 넘도록 요리를 해 왔고 '자연요리 연구가'라는 이름으로 불리지만 문성희는 한 번도 목표를 위해 달려가거나, 뭔가가 되고 싶다는 생각을 해 본 적이 없다. 다른 곳을 에둘러 볼 겨를도 없었고, 자신 앞에 떨어진 생을 마주하며 살다 보니 어느덧 세월이 흘러 있을 뿐이다. 자신이 생각하는 것과 세상의 중심과는 거리가 있는 것 같았다. 평생을 보내온 요리계에서도, 지인들 대부분이 민주화와 노동운동에 헌신한 운동권 안에서도, 사 대째 가톨릭 집안인 종교 안에서도, 심지어 결혼 생활마저도 소속되지 못한 느낌으로 살아 왔다.

남편과 결혼한 지 이십여 년 동안 크고 작게 이사를 다닌 것이 스무 차례. 그중 남편은 딱 세 번 이삿짐 싸는 것을 거들 뿐이었다. 짐을 싸고 푸는 날 곁에 있었던 적이 거의 없었다. 그는 남편이 '강 신령'에게 사로잡혔다고 말한다. 사색하는 소녀였던 문성희는 헤르만 헤세를 좋아했고 그의 작품에 나오는 싯다르타는 보리수나무가 아닌, 강에서 해탈을 했다. 그때부터 강에 대한 화두는 그녀의 뇌리 깊숙이 박혀 있었다. 그러던 어느 날 그녀는 김상화(낙동강공동체 대표)라는 인물을 만나게 된다. 서른여덟 살이 되던 해였다. 김이 모락모락 피어오르는 녹차 잔을 앞에 둔 채, 남자는 낙동강하구 을숙도에서 강원도 태백산 황지샘까지 걸어서 갈 것이라고 말했다. 이 말은 문성희의 기억 속에 묻혀 있던 강에 대한 화두를 일깨워 주었다.

작곡가인 남편은 이십 대부터 낙동강에 빠져 살아온 사람이었다. 그렇게 을숙도에서 태백까지 평생 세 번에 걸쳐 강을 건넜다. 헤르만 헤세의 싯다르타처럼. 문성희는 책을 읽으며 막연히 '강으로 가야 된다'고 생각했다. 그런데 한 남자가 강을 걸어서 천삼백 리를 간다고 말을 건넨 것이다. 남루한 옷차림에 기타 하나를 맨 그 남자에게 순간 반해 버렸다.

남편은 낙동강만을 주제로 백 곡 정도를 만든 음유시인이다. 사십 년 동안 강 주변을 걸어서 다니고, 낙동강 지도를 만드는 등 강이 자기의 모든 것인 사람이었다. 그런 사람과 결혼하면 어떤 문제가 생기리라는 것을 그때는 미처 생각하지 못했다. 앞날을 미리 계획하기보다는 주어진 일을 묵묵히 이겨 내며 살았다. 그러니 많이 힘들었다. 남편은 강을 따라 흘러 다니는 사람이었고, 그녀 자신은 터를 닦고 살아야 되는 사람이었다.

지금은 딸도 자랐고 모든 게 지나갔다. 어려웠던 모든 시간이 평화로워졌다. 결혼하고 십여 년이 가장 힘든 시기였다. 경제적인 어려움이 몰려왔다. 학원은 잘되는데 수익은 나지 않았다. 어쩌면 스스로 선택한 길이기도 했다. 혼자서 책임져야 할 일들이 너무 많았다. 경제적으로 무책임한 남편, 빚만 가득한 친정, 혼자 아이를 키워야 하는 생활 등 그런 것으로부터 지금은 편안해졌다.

그래서 요즘 후배나 제자들한테 자주 하는 말이 있다. 예순이 넘도록 살아 보니 '인생은 마라톤'이라는 것이다. 끝까지 완주하는 게 중요하다고, 초반에 너무 힘 빼지 말라고 당부한다. 실패를 심각하게 받아들이지 말고 지금 좋다고 거기에 사로잡히지도 말라고. 괴로운 일은 피하고 싶기 마련이지만 어차피 이 세상에는 좋은 것만 있을 수 없다고. 바람도 불고 비도 오고 태풍도 불고 눈도 오는 것처럼, 그것이 자연의 섭리인 것이라고. 자연의 법칙은 계속해서 변화한다고. 그 변화를 즐겨야 한다고 이야기한다.

흔들리지 않는 삶을 꿈꾸며

인도를 다녀온 이후 문성희의 인사는 '옴, 샨티'가 되었다. 평화라는 뜻의 '옴 샨티'는 그녀 삶의 마음가짐이다. 삼십여 년을 한결같이 낙동강 살리는 일에만 매달려 가정에는 무심했던 남편에 대한 섭섭함도 극복했다. 한편, 문성희는 인도의 '브라마쿠마리스 세계영성대학교'에서 공부하는 요기(Yogi, 요가 수행자)이기도 하다.

"이 학교에 육칠십 년 동안 요가 명상을 한 요기 할머니, 할아버지들이 계세요. 그분들이 저의 멘토이자 귀감인데요. 그분들은 인간의 존엄함이 실제적인 형태로 느껴져요. 말은 안 하고 침묵만 하는 데도 평화와 위대함이 느껴지거든요. 방황하던 제가 갈 길을 찾은 거예요."

문성희는 인도의 요기들에게 진리의 핵심을 배웠다. 그들은 단순하게 먹고 손수 지은 옷 몇 벌로 살아가지만 결핍이나 화, 짜증 같은 부정적인 감정을 전혀 보이지 않는다. 그 대신 끝없는 평화와 사랑, 힘과 지혜가 느껴진다. 그들을 보면 '티끌이 없는 순수성이 이런 것이구나' 싶다.

진리를 찾았을 때는 그 진리대로 사는 것이 삶의 이치다. 문성희는 자기 자리로 돌아와 제자들에게 이른다. 콩 심은 데 콩 나고 팥 심은 데 팥 난다는 것! 그리하여 콩 심어 놓은 데서 팥을 찾지 말고, 어떤 씨앗을 어디에 심었는지 확실히 알고 가꿀 것을 당부한다. 우리 몸도 마찬가지다. 우리가 먹는 음식이 내 몸을 만들고 우리는 몸을 통해서 표현한다. 생명이란 그러하기에 내가 무엇을 먹느냐는 무엇보다 중요한 문제다. 또 무엇을 어떻게 먹는지도 중요하다.

수십 년간 요리만을 업으로 살아온 그녀가 꼭 지키는 원칙이 있다. 시장 보는 일을 다른 이에게 맡기지 않는 것이다. 같은 배추라도 쌈용, 국거리용, 겉절이용, 김치용 등 용도에 따라 필요한 모양과 크기가 다르며 신선한지 아닌지 알아보는 안목도 다르다.

"재료가 신선하다는 것은 수확해서 내 손에 들어오기까지의 이동 거리와 시간이 되도록 짧아야 한다는 걸 뜻하지요. 내가 먹을 재료를 가꾸는 농부의 얼굴을 알고, 내가 먹을 식품을 만들고 파는 이의 사람됨을 안다는 게 음식에서는 아주 중요해요."

문성희는 '먹는다'는 것은 단순히 맛있게 먹는 것을 뛰어넘는 고귀하고 존엄한 일이라고 말한다. 그래서 어떤 상태로 만드느냐에 따라 음식이 달라진다고 믿는다. 음식을 만드는 이가 가지고 있는 호르몬이 밖으로 나오기 때문인데, 엔도르핀이 많아지면 음이온이 많아지고 음이온이 많아지면 음식 맛을 순수하고 맛있게 만들 수 있다고 한다.

"음식을 만들 때 만든 이의 상태가 깨끗하고 평온하고 좋은 느낌으로 가득 차 있어야 해요. 음식 재료도 어떤 사람이 어떤 마음으로 키우느냐에 따라서 달라지죠."

자연요리의 철학

요즘 문성희가 가장 공을 들이는 일은 삼 년 전부터 시작한 '살림 푸드 마스터' 강의다. 모두 삼 년 과정으로 워크숍까지 포함해 일주일에 이틀 이상 지도자 양성 과정을 준비하는데, 여기에 그녀의 시간과 에너지를 주로 사용한다.

"살림 푸드 지도자는 앞으로 평화가 깃든 밥상을, 내가 지금 가르치는 것처럼 가르칠 사람들이에요."

삼십 명 남짓인 이들은 앞으로 자연요리를 가르칠 후계자로 성장하게 된다. 문성희는 사명을 가지고 이 일을 시작했다. '내가 이 세상에 와서 할 역할이 정해져 있구나' 하고 문득 깨달았다고 한다. '이 역할이면 이젠 도망가지 않고 죽을 때까지 할 수 있겠다'라고 느꼈단다.

자연요리 연구가를 길러 내는 '살림 푸드 마스터' 과정은 요리 수업인데도 자신에 대한 깨달음과 자연을 아는 것에 초점을 맞춘다. 자연에게 말 걸기, 자기 변형 게임, 애니어그램 등이 프로그램의 주를 이룬다. 중요한 것은 '깨달아야 힘이 된다'는 것이다. 깨달으면 저절로 알게 되고 서로 좋은 영향을 주고받게 되기 때문이다.

문성희는 요리사가 되고 싶은 후배들의 자격을 이렇게 단정한다. 첫째, 자기 존엄함을 존중하고 사랑할 수 있으며 신뢰할 수 있는 사람. 둘째, 기다릴 줄 아는 사람. 기다리지 않으면 아무것도 얻을 수 없다. 자신이 성숙해지는 시간을 믿고 기다려야 한다. 무슨 일이든 시간이 걸리지 않으면 완성되지 않는다. 빨리 이루려고 하면 금세 허물어지기도 쉽다. 그녀는 이 두 가지만 갖추면 요리사로 성공한다고 자신한다.

"나이를 먹으면 경험이 많기에 깨닫는 것도 많아져요. 진정성을 가지고 옳다는 생각으로 긴 시간을 가면 반드시 이룰 수 있어요. 눈앞에 보이는 성과에 연연하지 말아요. 쉽게 허물어집니다. 내면에서 쌓아 올린, 긴 시간 동안 해 온 것은 앗아갈 수도, 허물어지지도 않습니다."

때로 조급함에 빠진 제자들에게 문성희는 이 말을 들려준다. 콩나물시루에 물을 주면 물은 빠지는데, 콩나물은 언제 자라는지 몰라 궁금할 것이다. 그래서 콩나물이 언제 자라는가 싶어 쳐다보면 어느 날 물은 다 빠져 있다. 궁금해서 뚜껑을 열어 보면 콩나물은 노랗게 익지 못하고 퍼렇게 뜨고 만다. 그녀는 '씨앗을 심어 놓고 땅을 헤집지 말라'고 강조한다. 헤집을수록 싹은 빨리 죽기 마련이니까.

문성희는 지금 그녀와 함께 공부하고 있는 '살림 푸드 마스터' 지도자들이 홀로 설 수 있을 때까지 뒷받침하는 것이 첫 번째 역할이라고 생각한다. 그리고 가까이에 있는 '미루마을' 사람들과 함께 살고 싶은 이들이 모두 건강하고, 자신에 대한 확실한 신뢰를 가질 때까지 그들이 건강하게 자기 삶을 즐길 수 있도록 도와주고 싶다.

문성희는 '삶은 쉽고 가볍고 즐거워야 한다'고 생각한다. 그렇지 않다면 뭔가가 잘못된 것이다. 지금 삶이 어렵고 무겁고 즐겁지 않다면, 그땐 멈춰 서서 뭐가 잘못됐는지 생각해 볼 것을 주문한다. 그러면 반드시 답이 있을 것이다. 생명이 고귀하고 존엄하다고 입에 달고 사는 사람들이 자기 생명 하나 제대로 돌보지 못한다면, 어떻게 다른 사람을 돌볼 수 있을까.

요리사는 자긍심을 가지고 사랑과 신뢰를 담아 치유할 수 있어야 한다. 먼저 자신에 대한 힐러(Healer, 치유자)가 될 수 있을 때 남을 힐링(Healing, 치유)해 줄 수 있다. 또한 음식은 생명이기에, 누군가의 몸과 마음에 흘러들어 가서 치유할 수 있어야 올바른 음식이라고 그녀는 생각한다.

　"요리사는 먼저 자기를 치유해야 해요. 앞으로는 의사, 약사가 좋은 직업이 아니라 생명을 고치는 요리사가, 모든 엄마가, 좋은 음식을 만드는 모든 이가, 그렇게 될 거예요."

Chef's Story

10

꿈과 열정이 길을 비춘다

이종임
요리연구가

"

뭔가 제대로 하려고 마음먹고 그만큼 노력을 기울인다면
못할 일이 없다고 믿어요.
이 세상에 열정과 노력이라는 단어로 안 되는 일이 있을까요?

"

이종임

1952년 출생 | 1975년 한양대학교 식품영양학과 졸업 | 1979년 고려대학교 대학원 식품공학과 석사 | 1979년 일본 漁菜요리학원 사범과, 新宿쿠킹아카데미 졸업 | 1981년~1984년 MBC 〈오늘의 요리〉 진행 | 1998년 ~1999년 SBS 〈이종임의 오늘의 싱싱메뉴〉 진행 | 2000년 김대중 대통령 노벨평화상 수상 축하만찬 진행 | 2001년 고려대학교 대학원 식품공학과 박사, 푸드채널 〈손맛시리즈〉 진행 | 2002년 매경TV 〈한식조리사를 잡아라〉 진행 | 2003년 일본 JFCS 푸드 코디네이터 스쿨 수료 | 2004년 i-TV 〈요리천국〉 진행, 『식탁 위의 혁명』 출간 | 2007년 『남편을 90살까지 살리는 매일 반찬』 출간 | 2010년 『떡과 폐백 그리고 이바지』 『아이를 살리는 밥상』 출간 | 2013년 현재 수도조리제과전문학교 학장

취재 및 집필 **홍장미**(『올 댓 닥터』(공저) 등)

오늘도 맛있는 음식점에 다녀왔는지 집에 들어오는 딸의 표정이 밝다. 새롭게 찾은 중식당 요리가 꽤 괜찮은 모양이다. 평소 신중히 지출하는 편인 딸이지만 음식에는 돈을 아끼는 법이 없고, 흥미로운 레스토랑을 알게 되면 멀리까지 찾아가는 수고를 마다하지 않는다. 만드는 기쁨과 함께 먹는 즐거움도 알아가는 모습이 꼭 자신을 닮은 것 같다. 이제 제법 요리연구가의 모양새가 나는 딸을 흐뭇하게 바라보며, 요리연구가 이종임은 그녀의 지난 세월을 떠올린다.

대를 이은 요리 사랑

아버지는 선생님이었다. 직업 특성상 여러 학교로 옮겨 다녀야 했기에 가족들도 충청도 여기저기로 이사를 다녔다. 이종임 역시 어린 나이에 자주 전학을 갔다. 학교생활에 적응할 만하면 새 학교로, 또 적응할 만하면 다른 학교로 전학을 갔다. 입학한 지 사 년 만에 네 번째 초등학교에 다니고 있을 정도였다. 보다 못한 어머니는 어느 날 굳은 결심을 했다. 아이들에게 교육 환경을 제대로 조성해 주기 위해서 서울로 올라가기로 한 것이다.

아버지는 혼자 학교 관사에 남기로 하고, 어머니는 사남매의 손을 붙잡고 서울로 올라왔다. 어머니는 당시 요리학원을 운영하던 이모를 도우며 서울 생활을 꾸려 갔다. 어머니 하숙정과 이모 하선정은 한국 요리를 이끌었던 1세대 요리연구가들이다. 서울 생활이 어느 정도 몸에 익었을 무렵인 1965년, 어머니는 서울 종로에 '수도 요리학원'을 설립했다.

육십 년대 한국 경제는 전후 상흔에서 미처 벗어나지 못하던 때였다. 먹고 사는 일을 걱정해야 하는 시절이었고 굶는 사람도 부지기수였다. 그러니 굳이 돈을 들여서 다른 사람에게 요리를 배워야 한다는 것이 당시 정서와 맞지도 않았다. 음식은 어머니 밑에서 배워 대대로 전수하는 것이라는 인식이 강했기 때문이다. 따라서 학원을 바라보는 사람들의 눈초리가 곱지 않았고 요리를 배우러 오는 사람도 많지 않았다. 학원을 설립했지만 요리 강습만으로는 운영에 한계가 있었다.

어머니는 그때부터 정부 지원을 받아 전국을 돌며 분식 장려, 혼식 장려를 위한 강습을 다니기 시작했다. 당시 미국에서 원조를 받던 밀가루는 우리에게 친숙한 요리 재료가 아니었기에 혼동이 많왔는데, 이에 관련된 강의로 꽤 인기를 얻었다. 요리를 배운다는 개념이 생소할 때이고 요리를 배우는 장소도 없을 때여서 마을에서 가장 큰 회관이나 예식장을 빌려야 했다. 그래도 어머니가 요리 강의를 열면 적게는 오백 명, 많게는 천 명까지 수강생이 꽉 들어찼다.

어머니는 가방 가득 요리 레시피를 채우고 집을 나서면 열흘도 더 지나야 돌아올 수 있었다. 강의를 하면서 칼이나 무쇠 솥 같은 조리기구, 직접 공수한 식재료들까지 팔곤 해서 집으로 돌아오는 어머니의 가방은 돈으로 가득했다. 그래서 어린 이종임은 어머니가 밖에 나가서 일하고 돌아오는 날을 무척 좋아했다고 고백한다. 이른 아침부터 밤늦게까지 전국을 돌아다니며 일하던 어머니는 생각하지 못하고, 돈을 세는 일이 마냥 좋기만 했던 철부지였다.

선배님, 선생님 그리고 멘토

요리는 어린 시절부터 그녀에게 친숙한 일이었다. 중요한 손님이 방문하는 날에는 집에서 식사 대접을 했는데, 언제나 언니와 함께 어머니를 도왔다. 어깨너머로 요리를 배우며 관심은 있었지만 요리 연구가가 되겠다고 생각한 적은 한 번도 없었다. 오히려 어렸을 때는 기자나 승무원 같은 전문직 여성을 꿈꿨다.

철이 조금 들 무렵, 커다란 가방을 이고 진 어머니의 지친 모습이 문득 눈에 밟혔다. 어머니는 전국을 다니며 낮에는 강연을 하고, 늦은 밤이 되어서야 여관방에서 고된 하루를 마치곤 했다. 그나마 푹 쉬지 못하고 식재료를 분할하느라 밤을 지새우기 일쑤였다. 불편한 잠자리에 제대로 자지 못하고, 바쁜 일과 중에는 제대로 먹지 못했다.

이종임은 그런 어머니의 모습을 보며 마음을 다잡았다. 그리고 진로를 요리로 바꾸는 것을 진지하게 고민했다. 어머니의 고생이 헛되지 않도록 해야겠다는 의무감이 들었다. 또 지금까지 잘 이뤄놓은 어머니의 업적을 계승하고 발전시켜야겠다는 책임감과 욕심이 생겼다. 그리고 한양대학교 식품영양학과에 입학하면서 요리연구가의 길로 들어서게 되었다.

이종임이 요리를 시작했을 때, 어머니는 누구보다 기뻐했다. 딸을 적극적으로 응원하며 본격적으로 그녀에게 요리를 가르치기 시작했다. 간단한 가정식 요리부터 젓갈, 김치 담그는 것까지, 어머니는 최고의 선생님이었다. 가끔 학교 전시라도 있을 때면 한걸음에 달려와 보고는 조언도 많이 해 주었다. 때로는 커다란 울타리처럼 그녀를 지켜 주었고, 때로는 굳건히 자립할 수 있도록 지원을 아끼지 않았다.

그녀는 지금의 위치에 오를 수 있었던 것과 요리연구가로서 수많은 업적을 낼 수 있었던 것 모두 어머니가 계시지 않았다면 불가능한 일이었다고 회고한다. 어머니인 하숙정 씨는 그녀의 요리연구가

선배이자 훌륭한 선생님, 그리고 그녀 인생에 가장 지대한 공헌을
한 멘토였다.

걸음 빠른 열정인

　어머니의 손을 붙잡고 막 상경한 무렵, 어린 이종임은 학교생활
에 잘 적응하지 못했다. 시골에서 시골로 전학을 갈 때와는 상황이
많이 달랐기 때문이다. 차츰 서울 생활에 익숙해진 고등학교 입학
무렵에는 이종임 역시 많이 변화해 있었다. 여유 있게 공부하면서
도 진취적인 활동을 즐겼던 낭만적인 시기였다.

　"저는 진짜 열정 가득한 모범생이었어요."

　자신의 어린 시절을 회상하며 그녀는 쑥스러운 듯 말을 잇는다.
이종임은 고등학교에 들어가자마자 기독교 동아리 '와이-틴
(Y-Teen)'에 가입했다. 그녀는 동아리 활동에 무척 적극적이었다. 추
수감사절에는 앞에 나서서 사회를 보고 축제날에는 무대에 연극을
올렸다. 나중에는 '와이-틴' 전국 지부 학생회의 부회장을 역임해
전국 규모 대회를 열기도 했다. 한편, 동아리 활동을 하면서도 학교
생활에 소홀하지 않았다. 학급 반장이나 부반장을 도맡았다. 그녀
가 반장을 맡았을 때는 전날 씻어 둔 상추쌈 재료를 잔뜩 가져와 교
실에 친구들과 둥그렇게 둘러 앉아 쌈 파티도 열었다. 어찌나 극성

맞았는지 몰랐다.

이종임은 이런 학창 시절의 추억을 무엇보다 소중한 자산으로 여긴다. 다양한 경험을 통해 자신이 많이 다듬어졌다고 믿기 때문이다. 그녀는 친구들과 우정을 쌓으면서 인간적인 교감을 할 수 있었고, 질풍노도의 시기를 슬기롭게 헤쳐 나가는 지혜를 배웠다. 또 학생회 활동을 주도하며 리더십을 길렀다. 그 시절은 학창 시절의 아름다운 추억일 뿐만 아니라, 훗날 사회생활을 하면서 필요한 지혜와 자신감을 심어 주었다.

이종임은 대학 졸업 후 일본 유학을 다녀왔다. 그리고 한국에 돌아와 어머니가 운영하던 '수도요리학원' 부원장으로서 강의를 시작했다. 학원 일을 돌보며 틈틈이 잡지사 요리 화보 촬영에 응했다. 그저 성실히 임했을 뿐인데 입소문이 났는지, 나중에는 수많은 잡지사에서 함께 일하자는 요청을 받았다. 연락이 늦게 닿은 곳은 할 수 없이 사양해야 할 정도로 바빴다. 그렇게 그녀는 한국의 신진 요리연구가로 급부상했다.

MBC 컬러텔레비전 개국과 동시에 방송 일도 시작했다. 한국에서 컬러 화면으로 방영하는 첫 요리 프로그램이었다. 항상 열정적이던 그녀를 눈여겨본 잡지사 기자가 추천을 해 주었다. 방송 일을 처음 시작할 때는 하루하루가 전쟁통이었다. 그동안 강의도 하고 잡지 촬영도 해 왔지만, 실질적인 경력이 그리 길지 않은 터였다. 매일 방영하는 프로그램에 새로운 요리를 소개하는 것도 부담스러

왔다. 그래도 악착같이 버텼다. 그동안 해 왔던 요리를 기본 바탕으로 하고 자료를 샅샅이 찾아서 레시피를 작성했다. 몸은 힘들었지만 다양한 요리를 연구하고 개발할 수 있었던 유익한 시간이었다.

　그렇게 몇 년이 지났다. 매일을 긴장 속에 살며 온 힘을 다한 덕분인지 그녀의 요리 프로그램은 큰 인기를 얻었다. 시청률이 오십 퍼센트를 넘었다. 전 국민들이 보고 있다고 해도 과언이 아닐 정도로 영향력이 커서 아침에 방송된 요리를 그날 저녁 식탁에 올리는 가정이 많았다. 시장에서 일찌감치 동이 난 재료를 보면 그날 어떤 요리가 나왔는지 짐작할 수 있을 정도였다. 이후 그녀는 SBS로 자리를 옮겨 요리 방송을 이어 갔고 KBS, EBS, 푸드채널, 매경TV 등 여러 방송국에서 십 년 넘게 많은 요리 프로그램을 진행해 왔다.

　오랜 시간 방송을 한 만큼 재미있는 일화도 적지 않다. 더러 재료를 빼놓고 오거나 음식을 하는 중에 재료를 혼동하는 경우가 있었다. 한번은 요리에 쓸 육수를 깜빡 잊고 방송하러 가기도 했다. 다시 돌아가서 육수를 가져 올 수도 없는 상황이어서, 궁여지책으로 물에 간장을 푼 육수를 만들어 간신히 방송을 마쳤다. 또 언젠가는 눈이 많이 내린 겨울철에 프로그램 진행자가 제때 도착하지 않은 적도 있었다. 생방송 프로그램이었기 때문에 어쩔 수 없이 그녀 혼자서 요리를 하고 동시에 진행을 했다. 아무리 철저히 준비를 하더라도 이렇게 종종 아찔한 순간들이 찾아오곤 했다. 십여 년 동안 매일 긴장 속에 방송하는 것은 쉬운 일이 아니다. 하지만 요리연구가

로서 최고가 되어야겠다는 열정과 욕심이 지친 그녀를 움직이게
했다.

"우리 가족은 모두 뭔가를 시작하면 제대로 해야 한다는 악착같
은 면이 있어요. 흐리멍덩한 것을 제일 싫어해요. 충청도 사람인데
도 걸음이 얼마나 빠르다고요. 어머니는 지금도 대단한 열정을 가
지고 계세요. 저는 그 모습을 보고 자랐어요. 제 딸도 그런 저를 보
고 자랐고요. 뭔가 제대로 하려고 마음먹고 그만큼 노력을 기울인
다면 못할 일이 없다고 믿어요. 물론 마음먹은 이후가 더 중요하지
만요. 이 세상에 열정과 노력이라는 단어로 안 되는 일이 있을까
요?"

노벨상 수상 축하만찬을 맡다

석사 과정을 마치고 십오 년이 흘렀을 때였다. 최고의 요리연구
가가 되고자 쉼 없이 달려가던 이종임에게 교수가 한 조언은 그
녀 인생의 터닝 포인트가 되었다. 한국에서 요리하는 사람 중 아
직 박사학위를 받은 사람이 없으니 공부를 더해서 전문성을 키워
보는 것이 어떻겠냐는 권유였다. 그녀는 굳은 결심으로 다시 펜
을 잡았다.

느지막한 나이에 다시 시작한 학업이 녹록하지 않으리라 예상했

다. 하지만 학교에 들어가는 것조차 쉽지 않을 줄은 몰랐다. 그녀는 고려대학교 대학원 입학 영어시험에서 첫 고배를 마셨다. 그렇다고 포기할 그녀가 아니었다. 어학원을 다니며 나이 어린 학생들 틈에서 꼬박 육 개월 동안 영어 공부에 매진했다. 결국 다음 시험에 통과해 학교에 입학할 수 있었다.

전공은 실험논문을 써야 하는 식품가공 분야여서, 데이터를 위해 실험을 거듭하고 그 결과를 논문으로 작성해야했다. 삼 년 동안 수업을 듣고 삼 년 동안 실험을 했다. 적지 않은 시간과 공을 들였다. 박사 전공 공부만 해도 벅찬데, 그녀는 방송과 학원 강의를 병행했다. 아침에 학원에서 강의하고 밥 먹을 새도 없이 학교에 달려가 강의를 들었고, 반대로 학교에서 오전 강의를 듣는 날에는 오후에 학원에서 강의를 했다. 집에 돌아와서는 방송을 위해 레시피를 짰다. 가끔은 자신이 왜 이러고 있는 건지 회의가 들 때도 있었다. 그렇지만 그 시간을 시련이라 여기지도 않았고, 한 번도 게으름을 피운 적이 없었다고 자신 있게 말한다. 결국 입학 칠년 째인 2001년, 이종임은 「정향추출물을 이용한 항응고성 물질에 관한 연구」로 박사학위를 받았다.

2000년은 이종임에게 각별한 해였다. 박사학위 수여를 앞두고 있기도 했고, 노벨상 수상 축하만찬을 맡아 진행하기도 했기 때문이다. 그녀는 십이월에 김대중 전 대통령이 노벨 평화상 수상을 위해 노르웨이에 갔을 때 동행했다. 노벨상 시상식에는 수상자와 함께 요리사를 초청하는데, 축하만찬에서 그 나라 전통음식을 선보이는 자리를 함께 마련하기 때문이다. 이 영광스러운 자리에 그녀가 한식 홍보대사로 초청되었다. 수상자인 김대중 전 대통령과 이희호 여사를 포함해 유럽의 정치·외교계 인사가 참석한 자리였다.

이종임은 음악회 후 열릴 축하만찬에서 먹을 음식 여섯 가지 중 절반을 만들어 달라는 요청을 받았다. 사람들이 자유롭게 서서 간단히 집어먹을 수 있어야 하고, 노르웨이 수산물을 재료로 한국 풍미를 살릴 수 있는 찬 음식이어야 했다. 제한사항이 많았다. 현지에서 한국인 한 명을 요리 보조로 섭외하고 딸에게도 도움을 요청했다. 우리나라 음식은 손이 많이 가기에 함부로 다른 나라 주방장에게 도움을 요청할 수 없기 때문이었다.

구월에 요청을 받아 시작한 일은 십이월 축하만찬 당일에 빛을 발했다. 한국의 손맛을 세계에 널리 알린 순간이었다. 이희호 여사는 "멀리까지 와서 맛있고 좋은 음식을 먹을 수 있게 해 줘서 고맙다"며 극찬을 아끼지 않았다. 그동안의 고생과 피로를 한 번에 보상받은 것 같았다. 요리연구가의 길을 선택해서 지금까지 열심히 달려 온 자신이 가장 자랑스러웠던 순간이었다.

슈퍼남편, 슈퍼아내로 살기

요리연구가인 아내를 두었지만 남편은 식당에서 밥을 사먹거나 일하는 사람이 해 주는 음식을 먹을 때가 더 많았다. 함께하는 시간도 적었다. 불편한 점이 많았을 테고 불만이 없을 리 없었다. 그래도 남편은 그녀에게 불평하거나 스트레스를 주는 법이 없었다. 뒤늦게 공부에 뛰어들었을 때도 말리기는커녕 자료를 찾는 것을 도와주거나 외국 논문을 번역하며 그녀를 거들었다. 실험하다 집에 늦게 돌아온 아내가 아침까지 깨지 못하면 스스로 아침을 챙겨 먹고 출근했다.

아침잠 많은 아내를 깨우는 것과 아내의 휴대전화를 충전하는 것은 남편이 도맡아 해 주던 일이다. 그는 아내가 충전된 휴대전화를 혹시 빼놓고 갈까 가방에 미리 넣어 줄 정도로 세심한 사람이다. 남편은 바쁜 아내를 위해 외조와 내조를 한꺼번에 해냈다. 이대 목동병원 비뇨기과 전문의로 병원장을 겸직하며 본인도 몹시 바빴을 텐데, 남편 박영요 씨는 아내와 가족을 위해서라면 무엇이든 해내는 '슈퍼남편'이었다. 이종임은 그런 남편이 그저 고맙기만 하다.

"제가 요리연구가로 활동할 수 있었던 것은 남편 공이 커요. 제 활동을 자기가 더 기뻐하며 지금까지 응원과 도움을 아끼지 않았지요. 그런 남편을 만난 것은 행운이라고 생각해요. 다만 우리 부부의 경우, 아내가 더 먼저 성공해 유명해졌잖아요. 말은 안했지만 요리연구가 남편이라는 타이틀이 좋지만은 않았을 거예요. 제가 왜 모르겠어요. 지금은 남편도 병원장을 하고 EBS 메디컬 다큐멘터리 〈명의〉 '한국인의 생명을 위협하는 10대 암'에도 출연하면서 전국에서 찾아오는 환자가 많아 뿌듯해하고 있어요."

박영요 씨가 '슈퍼남편'이었다면 그녀 역시 '슈퍼아내'였다. 그녀는 자녀 교육과 가정생활을 소홀히 하지 않았다. 아이들에게는 최대한 뒷바라지를 해 줬고, 남편이 사회생활을 하면서 돈 때문에 약점 잡히는 일이 없도록 했다. 그것이 그녀의 외조이자 내조였다.

남편이 동대문 이대병원에서 기획실장으로 재직하며 목동병원 설립 책임자로 일할 때였다. 장의사부터 제약회사까지 하루가 멀다 하고 많은 이들이 돈을 들고 찾아왔다. "사람이 하도 드나들어 문이 닳을 지경"이라는 말이 실감 날 정도였다. 어쩌면 충분히 유혹에 빠질 수도 있을 법한 상황이었다. 자녀 교육비며 생활비에 지출하는 돈이 한창 많을 때였으니까. 하지만 그에게는 경제적인 고충 없이 일에 전념할 수 있도록 도와주는 아내가 있었다. 공사하는 내내 일 원 한 푼 받은 적이 없다. 돈을 들고 오는 사람은 보지도 않고 돌려보냈다.

아들이 태어나고 이 년 후인 1981년 1월, 딸 보경이가 태어났다. 그리고 같은 해 사월에 첫 텔레비전 방송을 시작했다. 그때부터 줄곧 바빴다. 방송을 하려면 끊임없이 새로운 메뉴와 레시피를 짜야 했다. 방송 전날에는 요리 재료부터 시작해 방송 준비를 철저히 끝

마쳐야 했다. 방송을 하면서 학원 강의를 병행했으니 아이들과 보낼 시간이 많지 않았다. 두 아이는 모두 일하는 사람 손에 커야 했다.

"사실 저는 좋은 엄마도 좋은 아내 역할도 못 했어요."

엄마 손길이 많이 필요한 시기에 엄마가 곁에 없다는 사실은 당시 어린 두 자녀에게 굉장히 서운한 일이었을지 모른다. 하지만 엄마가 열심히 살아왔기 때문에 자신들이 하고 싶은 공부를 할 수 있었고, 열심히 사는 부모를 보고 배운 것이 많다며 도리어 엄마를 이해해 준다. 현재 아들은 아버지를 따라 의사의 길을 걷고 있고, 딸은 엄마를 따라 요리연구가의 길을 걷고 있다. 아직은 미숙하고 실수도 많지만 앞으로 자신들보다 더 훌륭하게 성장할 자녀들을 생각하면 행복하다. 그녀는 이 모든 것이 자신에게 온 축복이라고 말한다.

신(新) 모계 기업

'수도요리학원'은 모녀가 삼 대째 가업을 잇는다고 해서 화제가 되기도 했다. 대한민국 1세대 요리연구가 하숙정과 그녀의 딸 이종임, 손녀 박보경까지 요리에 종사하고 있다. 이는 아버지가 아들에게 기업을 물려주는 전형적인 승계 구도를 뒤엎는 '신(新) 모계 기업'이다. 모녀의 대물림이 가능한 이유에는 요리라는 특수성이 있다. 일반적인 사업과는 분명히 다르다. 요리사는 남성의 비율이 더 많은 요리계이지만 요리 연구 부문은 실제로 여성이 더 많다.

노벨상 수상 축하만찬에서 그녀를 돕던 딸 박보경은 그날 이후 요리로 진로를 변경했다. 런던대학교에서 화학을 전공한 과학도였지만 진로를 변경한 후, 미국으로 건너가 명문 요리학교 CIA에서 혹독하게 수련을 하고 보스턴대학교에서 호텔경영학도 전공했다. 귀국한 이후에는 박사과정을 밟으며 두 군데 대학과 '수도조리제과 전문학교'에서 강의를 맡아 경험을 쌓는 중이다. 현재 그녀는 할머니와 어머니가 평생에 걸쳐 일궈 온 가업을 당당히 물려받겠다는 의지가 충만하다.

이종임은 딸이 진로를 요리로 변경했을 때 날아갈 듯 기뻤다. 오래 전 자신의 선택에 기뻐하던 어머니의 심정도 이해할 수 있었다. 어머니 품에서 자신이 잘 클 수 있었던 것처럼 그녀가 일군 텃밭에서 딸이 더 잘 하게 되기를, '수도'라는 브랜드가 대를 이어 더 발전하기를 희망한다.

대대로 가업을 이어 가는 것은 쉽지 않은 일이다. 특히 가장 윗세대의 영향력이 크고 그가 모든 결정권을 쥔 경우에는 문제가 생기기도 한다. 그가 쌓아 온 지식과 연륜은 결코 무시할 수 없지만, 변화나 혁신이 필요한 순간에 과감한 판단을 내리지 못할 수도 있기 때문이다. 이종임 모녀는 이런 부분을 가장 경계하고 있다. 세대교

체에 실패한 기업이 사라지는 경우를 비일비재하게 봐 왔기 때문이다.

학원을 이 년제 학교로 개편하는 새로운 시도를 감행한 이유도 그 때문이다. 현재 '수도조리제과전문학교'는 실무 중심 학교로 개편되었다. 전문대학과는 달리 전공 수업 대부분이 실무 교육 위주로 진행된다. 또 학과별 현장 실습을 통하여 자격증 취득 및 취업 전 다양한 경험으로 실무에 바로 적응할 수 있도록 한다. 이 년 과정을 마친 후에는 사 년제 대학으로 편입도 가능하다.

앞으로 그녀는 학원 운영을 십 년 정도만 더 할 생각이다. 이종임은 종종 딸에게 이렇게 말한다. "혹시 내가 그만두지 않고 더 하려고 한다거나, 네가 운영하는 학원 일에 지나치게 간섭하려 하면 그러지 말라고 말려 달라"고. 그것이 가업을 지키기 위한 이종임의 굳은 다짐이다.

건강을 지키는 바른 먹거리

인간의 평균 수명은 점점 늘어 간다. 이제는 '얼마나 오래 사는가'보다는 늘어난 삶의 시간을 '얼마나 건강하고 질 높게 영위하느냐'가 더 중요한 시대다. "네가 먹는 것이 바로 너다(You are what you eat)"라는 서양 속담이 있다. 음식과 삶의 관계를 가장 적절히 표현한 말이다. 어떤 음식을 섭취하느냐에 따라서 그 사람의 건강이 확연히 달라지기 때문이다.

맛있으면 다 괜찮았던 때도 있었다. 지금도 그렇게 생각하는 사람들이 많다. 자극적인 조미료와 인스턴트식품의 홍수 속에서 이미 그것에 길들고 익숙해진 것이 한 이유다. 이종임은 "음식을 맛으로만 먹지 말자"고 말한다. 건강에 좋은 음식을 먹고, 건강할 때 그 건강을 지키자며 요즘 사람들이 음식을 맛으로만 먹는 것에 일침을 가한다. 음식 맛은 물론 중요하다. 그렇지만 맛으로만 음식을 먹어서는 안 된다. 먹거리는 무엇보다 병과 관련이 깊기 때문이다. 멍든 먹거리는 다른 어떠한 원인들보다 더 쉽게 몸을 해친다. 수만 가지 첨가물이 들어 있는 각종 음식과 소스들은 암을 포함한 모든 성인병을 유발할 수 있다. 세 명 중 한 명은 암으로 죽는다고 할 만큼 암 발생률이 높아지고 있는 것도 먹거리의 변화와 무관하지 않을 것이다.

이종임은 이런 사실을 지속적으로 많은 사람들에게 일깨우려고 한다. 사람들은 이를 매체에서 비중 있게 다루면 잠시 눈여겨보고 건강에 대해 염려하지만 얼마 지나지 않아 잊고 만다. 현재는 건강하다는 이유로 다른 중요한 것들을 일순위로 놓는다. 너무도 많은 정보 속에서 더 중요한 정보는 이렇게 잊힌다.

따라서 그녀는 영향력 있는 요리연구가들이 앞장서 독이 되는 맛을 경계하고, 자연의 맛을 찾아내는 것이 중요하다고 말한다. 물론 조미료를 넣어서 음식을 하거나 인스턴트식품을 먹는다면 당장은 편할지 모른다. 그러나 자극적인 조미료 맛에 익숙해지면 그 맛만 찾으려 하고, 나중에는 건강까지 해칠 위험이 있다. 요리도 자꾸 그런 쪽으로 맞춰져 제대로 된 요리를 할 수 없게 된다.

그녀는 종종 조미료를 넣지 않고 요리를 하면 맛이 우러나오지 않는다는 불평을 듣는다. 그런 사람에게 물어보면 십중팔구 맹물에 주재료부터 넣는 경우가 대부분이다. 요리를 오래한 그녀도 맹물로는 제대로 된 맛을 낼 수 없다. 그런 사람들에게 멸치, 다시다, 무로 낸 육수를 직접 만들어 갖가지 채소와 함께 찌개를 끓여 보라고 권유한다. 그러면 어느 맛집에서도 맛볼 수 없는 건강하고 담백한 맛을 찾을 수 있다는 것이다. 물론 시간이 걸리고 번거로운 작업이다. 하지만 우리가 건강을 잃지 않기 위해 매일 그토록 힘든 운동을 하면서, 힘들고 번거롭다는 이유로 아무 음식이나 먹으며 건강을 잃는 아이러니는 없어야 한다.

이종임은 여러 저서를 통해 건강한 먹거리를 꾸준히 강조해 왔다. 조미료를 사용하는 대신 천연재료를 써서 음식을 만들어 먹자는 것이다. 지금도 그녀는 건강한 맛을 찾는 일에 온 힘을 다하고 있다.

인생의 세 번째 막

인생을 연극에 비유하자면 이제 세 번째 막 앞에 서 있는 것 같다는 이종임 연구가. 그 새로운 막을 여는 심경은 어떨까. 변함없이 자신감이 넘치지만 앞으로 맞이할 사건들에 대한 기대로 조금 떨린다. 이종임은 요리연구가로서 꿈을 찾는 이들에게 멘토가 되어 주고 싶다. 우선 지금 운영하는 전문학교를 '꿈을 찾을 수 있는 학교'로 만드는 데 공들일 계획이다. 전문 요리사를 양성 중인 그녀는 그들이 각자의 자리에서 자신만의 맛을 찾을 수 있기를 바란다. 또한 사람들이 모두 건강한 맛에 관심을 찾을 수 있도록 돕는 일을 게을리하지 않을 생각이다. 그것이 요리연구가로서 반드시 해야 할 일이라 믿기 때문이다.

이종임은 지난 사십여 년을 누구보다도 바쁘게 살아 왔다. 우여곡절도 많았지만 열심히 살았다고 자부한다. 지금부터는 사회에서 받은 혜택, 능력, 기회를 다른 사람들에게 나눠 주며 살리라 다짐한다. 환갑이 지난 그녀의 얼굴에는 여전히 건강한 미소가 빛난다. 음식 맛에서는 누구보다 자신 있는 그녀지만, 그것들이 결코 혼자 이뤄 낸 것은 아니라며 다른 이들에게 공을 돌린다.

쓸 수 있는 기술은 열정밖에 없던 시절에 응원을 아끼지 않았던 어머니, 할머니와 어머니에 이어 자신도 요리연구가가 되겠다고 당찬 포부를 밝힌 딸, 그리고 일하는 아내 때문에 불편함을 기꺼이 감수하고 누구보다 든든한 응원군이 되어 밤낮없이 도와주는 남편까지……. 이종임에게 '맛'이란 모두가 함께 찾아 가고, 모두가 함께 꾸는 꿈이다.

올 댓 셰프
: 요리하는 영혼

2013년 9월 5일 초판 1쇄 인쇄
2013년 9월 10일 초판 1쇄 펴냄

지은이 스토리텔링콘텐츠연구소
펴낸이 방재석
편집 정수인, 이은혜
관리 박신영
디자인 글빛

펴낸곳 도서출판 아시아
출판등록 2006년 1월 31일 제319-2006-4호
주소 서울시 동작구 흑석동 100-16
전화 02-821-5055
팩스 02-821-5057
이메일 bookasia@hanmail.net
홈페이지 www.bookasia.org

ISBN 978-89-94006-90-1 04800
     978-89-94006-14-7 (Set)

* 값은 뒤표지에 표시되어 있습니다.